Paul Morand

Flèche
d'Orient

Gallimard

Paul Morand est né en 1888 à Paris. Son père était directeur de l'École des arts décoratifs, la famille aisée, cultivée. Lui-même fera ce qu'on appelle communément un « riche mariage ».

Après des études en France à l'École des sciences politiques, et en Angleterre à l'université d'Oxford, il entre dans la carrière diplomatique en 1913 comme secrétaire d'ambassade à Londres. Il est de retour au Quai d'Orsay en 1916, il fréquente les milieux politiques, diplomatiques, mondains, et se lie avec Proust, Cocteau, Misia Sert avec lesquels il partage le goût des soupers fins et la passion de la littérature. Dans le *Journal d'un attaché d'ambassade* (1916-1917, 1948), il fera la démonstration de l'acuité de son regard, de la vivacité de sa plume et d'un art consommé de l'instantané. C'est cependant en qualité de poète qu'il débute dans la littérature, en 1919 et 1920, avec *Lampes à arc* et *Feuilles de température*. Dès cette époque, il collabore régulièrement à la *NRF*. Son premier recueil de nouvelles est publié l'année suivante, mais c'est *Ouvert la nuit* et *Fermé la nuit* qui lui apporteront une audience internationale et une réputation de portraitiste des Années folles. De ses postes à Rome, Madrid et Bangkok, et surtout d'un tour du monde qu'il effectue pendant des vacances prolongées, il ramène de remarquables textes sur les villes : *New York, Londres* (suivi

5

du *Nouveau Londres* en 1965), *Bucarest*, et *Bouddha vivant*, *Magie noire*, *Paris-Tombouctou*, etc., jusqu'à *La route des Indes* en 1935.

En 1933, il entre au comité directeur du *Figaro*. Il ne cesse, pour autant, de publier : notamment *Les extravagants*, où il semble avoir atteint, et certainement avec *Milady*, l'idéal littéraire de dépouillement qu'il s'était fixé, ainsi qu'en témoigne une lettre à ses parents où il exprime son désir de voir s'évanouir l'image du poète dans « une écriture simple où l'art n'apparaîtra pas à première vue ».

Pendant la guerre, le gouvernement de Vichy le nomme ambassadeur en Roumanie, d'où son épouse est originaire, puis à Berne. Sa carrière diplomatique prend fin à la Libération. Depuis 1944, révoqué, il se partage entre la Suisse et la France.

Depuis le tournant amorcé avec *Milady*, depuis l'amer *Monsieur Zéro* et après *L'homme pressé* de 1941, toute l'œuvre de Paul Morand apparaît comme une confirmation que, s'il a été conduit à quitter peu à peu la surface des choses et des êtres pour en étudier les profondeurs, c'est moins bousculé par les revers de l'Histoire que pressé par une nécessaire, par une irréversible progression intérieure, finalement indifférente aux événements. Ainsi, *Le dernier jour de l'Inquisition*, *Le flagellant de Séville*, ainsi *Le prisonnier de Cintra*, *Hécate et ses chiens* et *Tais-toi* (1965) sont-ils d'un écrivain qui a gagné, certes en pessimisme, mais en lucidité, sans rien céder, pourtant, de la nervosité de son style.

Son œuvre compte une centaine de romans, recueils de poésies et de nouvelles, portraits de villes et chroniques, auxquels on peut ajouter une pièce de théâtre, un ouvrage historique sur Fouquet, un recueil de préfaces et de monographies sur ses auteurs préférés (*Monplaisir... en littérature*, 1966). En dépit d'une forte résistance, Paul Morand a été admis à l'Académie française en 1968. *Venises*, une chronique de voyages, sera son dernier ouvrage. Paul Morand est mort en 1976.

I

À la table du prince Dimitri Koutoucheff, les convives criaient tous à la fois :

— Eh bien ! Stanislas, raconte...

— Il a le bec gelé par le champagne !

— Silence tous, ou il ne parlera pas.

— Voilà, commença Stanislas, j'étais allé hier soir vers 17 heures au Bourget à la rencontre d'un avion qui arrivait du Nord. C'était le dernier avion attendu. Le brouillard sur Paris couchait un matelas d'ombre qu'aucun souffle ne déplaçait et qui accentuait le crépuscule. Ténèbres plus indécises que la nuit.

— Plafond de soixante mètres, l'atterrissage ne sera pas commode, chuchotaient près de moi des silhouettes.

À 17 h 30, la T. S. F. signalait l'avion ; à 17 h 40, on l'entendit. La campagne obscure, balisée de lampes rouges, s'éclaira pour le recevoir ; au ras du sol, les projecteurs sur roues balayèrent l'herbe et l'aire de ciment. Au-dessus, le phare à éclipses tournait, lançait sa brasse lumineuse, dont la brume anéantissait aussitôt l'effet. Les têtes des douaniers, des porteurs à casquette américaine, des mécanos, des gamins du Bourget, massés devant l'aérogare, se renversèrent. L'avion passait au-dessus du dôme nocturne. Chaque explosion était discernable. Allait-il couper les gaz ? Non. Sa musique se soutint, se prolongea, diminua, disparut.

— Nous a loupés. N'a rien vu, dirent, près de moi, les pilotes.

Leur journée finie, un petit sac à la main, ils causaient avec les hommes de la radio. Tous avaient passé cette journée quelque part en Europe, à Londres, à Anvers, à Vienne, à Marseille, à Hambourg, et ils attendaient l'heure du cinéma, boulevard Rochechouart. Vers 18 h 15 (l'avion était repassé trois fois sans nous repérer), je distinguai leur inquiétude. Ils mettaient des noms dans ces ténèbres flottantes.

— C'est N.

— Et à la radio ?

— Z.

— Il doit leur rester de l'essence pour une demi-heure, fit un pilote habitué à la ligne.

Au-dessus, l'avion aveugle tâtonnait, fouillant la nuée, perdu dans l'ombre grasse et glacée.

— Peut-être qu'il ira se poser à Buc, à Orly, à Villacoublay ?

— C'est plus dur qu'ici. Pas une lanterne.

— Et pas moyen de les avertir par radio ; le temps que le message soit reçu, déchiffré, recopié au crayon, transmis au pilote, l'appareil s'est éloigné déjà de dix kilomètres.

Je demandai si les télégrammes météorologiques n'indiquaient rien, au départ.

— Incident local, me répondit-on. Ce coton-là vient de descendre d'un coup. À vingt kilomètres d'ici, le ciel est clair.

On avança une machine lance-fusées. Un artificier amorça les pétards. Emmanchées au bout d'un bâton, les chenilles d'or frémissaient sous la torche, tremblaient, voulaient se libérer par les deux bouts, dilataient leur armature et, en ayant éprouvé la résistance, crevaient soudain en un abcès d'étincelles

9

rouges, défonçaient le noir, touchaient le ciel de brume, s'y perdaient comme au contact de l'eau, pour réapparaître très haut en illuminant l'aérogare d'un éclat verdâtre, désespéré, celui des attaques de nuit.

— Dans une demi-heure, dit près de moi une ombre casquée, il leur restera à se poser en douce sur le Sacré-Cœur ou sur l'Opéra.

La blague apparaissait : c'est dire que personne n'avait plus envie de rire.

Enfin, les nuées se défirent. Une lune bleue, très pâle, un fantôme de lune plutôt ; aussi vite disparue qu'aperçue... — Un trou ! pensai-je. S'ils avaient la veine de passer au-dessus en ce moment...

Silence. Nous dressons l'oreille. Le ronron de fer approche. À nouveau la lune. Et puis, soudain, une lumière, une toute petite étoile qui court, mais qu'on devine humaine, n'appartenant pas au ciel. L'artillerie des fusées s'élance au-devant d'elle.

— Inutile ! Du moment que nous les voyons, ils nous ont vus !

— Attendez ! ils ne sont pas encore sortis du bal...

Tout rentre dans l'invisible, mais seulement pour quelques secondes. Par le trou, l'avion a pu apercevoir le Bourget, le phare à éclipses. Il a viré, réduit, puis coupé les gaz. À l'autre bout du champ, maintenant, il crève le plafond et descend par une trappe de nuages ; ses fenêtres de mica captent une lueur et nous la renvoient.

L'avion s'avance vers nous, roulant aussi doucement qu'une auto au ralenti, et s'arrête : la porte s'ouvre. Couloir mal éclairé de la carlingue. Une valise, puis une main, puis un bras ; l'ami que j'attendais apparaît, descend, souriant. J'ai raison de retenir mes effusions, car il ne se doute de rien, il n'a rien compris.

— Vous avez perçu nos fusées ? lui demande-t-on.

— Quelles fusées ?... Non, je ne regardais pas par la fenêtre. Je lisais.

Le pilote descend à son tour sans un mot ; il est très calme. Il voit, l'entourant, les représentants de la Compagnie, il voit ses camarades, vêtus de cuir, tous les mécanos en blanc, et se taisant, parce qu'ils savaient que dans les réservoirs il y avait pour une demi-heure d'essence (mais ça, c'est du service, ce n'est l'affaire ni des badauds, ni des

11

voyageurs et autres colis). Il regarde alors un copain et lui dit simplement :

— T'as pas une pipe ?

Les convives, qui avaient écouté Stanislas sans l'interrompre, s'exclamèrent tous :

— C'est formidable ! Cent pour cent silencieux.

— Ce laconisme, ce courage quotidien...

— Au ciel, rien de nouveau, fit le prince Dimitri.

Pendant cinq minutes on ne parla plus qu'aviation, lignes aériennes, moteurs.

— Les 230 CV Salmson... refroidissement par eau... par air...

— ... Gnôme et Rhône... Jupiter... Hispano...

— Crois-moi, c'est merveilleux : tu fonces droit entre deux volcans et Mexico apparaît...

— ... Si le mauvais temps empêche d'atterrir au Guatemala, tu vas coucher à Panama et tu reviens te poser le lendemain. Il ne faut guère plus d'une demi-heure pour survoler chacune de ces petites républiques...

— Et l'Europe donc ! le Saint-Empire romain germanique ; au lycée, ça faisait encore un certain effet :

Amis, Charles d'Espagne, étranger par sa
mère,
    Prétend au Saint-Empire...

Eh bien ! aujourd'hui :

    Paris, 4 heures du matin
    Strasbourg, 6 heures ;
    Prague, 10 heures ;
    Vienne, 11 heures.

C'est à ce moment que se produisit l'incident insignifiant qui allait suffire à mettre en mouvement, pour Dimitri, la chaîne des conséquences. Un des convives — Castillo, je crois — dit par hasard :

— Saviez-vous que l'on peut dès maintenant aller d'un trait jusqu'en Roumanie ?

— Paris-Bucarest dans la journée ? répliqua Dimitri, c'est impossible : il faut coucher en route.

— Tu ne danses plus en mesure, Dimitri. Exactement, depuis le 20 avril, on traverse l'Europe d'un seul coup de manche à balai, on va même jusqu'à Constantinople dans la journée.

— Erreur complète. Complète erreur !

— Je regrette de contredire celui qui me reçoit sous son toit...

— Qu'est-ce que tu paries ? questionna Dimitri, obstiné et fort rouge, le champagne aidant.

— Ce que tu voudras, à condition que ce soit sérieux. Feu à volonté ?

— Feu à volonté... Voici mes conditions : le perdant prendra le premier avion pour Bucarest, ira chercher un kilo de caviar frais, et le rapportera à temps pour qu'on le mange chez moi samedi...

— Hurrah !

— Chiche !

— C'est idiot !

Dimitri appela le maître d'hôtel :

— Demandez-moi le Bourget au téléphone.

— Écoutez, dit Cantemir, puisque l'un de vous partira cette nuit pour la Roumanie, je vais vous raconter une petite anecdote de mon pays : le vieux prince Alexandre Lupu était connu à Bucarest pour ses excentricités. Le soir d'un grand dîner, il entra tout habillé dans la chambre de sa femme et lui dit :

« "Olga, as-tu pensé au caviar pour ce soir ?

« — Non...

« — Alors, fit-il d'une voix douce, je cours en acheter."

« Le Prince mit sa pelisse, siffla un traîneau...

— Et puis ?

— On l'attendit en vain, car il ne rentra plus jamais chez lui.

— Vous avez de charmantes histoires, dit Merced Koutoucheff avec humeur.

C'était l'instant où le niveau des vins ne descend plus que lentement dans les verres, où l'esprit s'assoupit, où les paroles résonnent comme des cris contre les boiseries sonores, où les bûches se cassent en deux dans la cheminée et viennent fumer entre les chenets, répandant une adorable odeur de sève bouillie et d'âcre fumée, l'heure où l'on crierait « au feu », sans faire peur à personne, l'heure où l'on aime ses ennemis, où l'indécision frôle, où l'oubli coule de partout, où rien ne vous écorche plus, où l'on sort de soi-même pour revêtir une espèce de peau légère et moite comme doivent en avoir les morts ; uniforme astral dans lequel ils se tiennent

15

debout, regardant avec un sourire leur mannequin de chair par d'autres pleuré.

Dimitri, qui était allé téléphoner, réapparut ; l'œil assez asiatique, la figure maigre, les oreilles pointues, le nez aux narines tourmentées, les cheveux collés en bandes soyeuses, échantillons d'ors différents, comme chez certains Slaves du sud, Dimitri, très à son avantage et semblable à un portrait de lui-même par un bon peintre, avançait, musclé et droit ainsi qu'une cariatide débarrassée de son balcon.

Il nous regarda en riant.

— Tu as perdu ?

— Oui, Castillo avait raison. On va maintenant de Paris à Bucarest dans la journée. C'est à moi de m'embarquer tout à l'heure.

— Mais, ce pari, c'était pour rire...

— Pas du tout, fit l'Argentin.

— ... Estupido ! pleura Merced.

— Voyons, fit Stanislas qui eut pitié d'elle, on est bien ici. On a chaud. Il y a encore du pinard à la glacière. Tu ne vas pas aller te suspendre pour rien pendant des heures au-dessus de l'Europe ?

— Vous voudriez qu'il se dégonflât ?

— Laissez-le être enfin russe. Il ne l'était pas assez.

— Nous allons faire un poker jusqu'à minuit, déclara Dimitri, imperturbable ; ensuite, on ira prendre un verre à Montmartre, puis tous ensemble finir la nuit au Bourget.

— Et demain soir, à cette heure-ci, tu poseras le pied dans la Calea Victoria !

— Premier valet donne.

— La séquence bat le brelan.

— Et la couleur, le full...

II

1915. C'est l'année que Dimitri, âgé de quinze ans, a choisie pour quitter la Russie. Depuis lors, il habite l'Occident. D'Angleterre où il a passé cinq ans au collège et à l'Université, il est venu se fixer à Paris où il a épousé une jeune fille de la colonie chilienne. Le colonel prince, son père, a péri devant Lemberg, sur les fils barbelés électrisés par les Autrichiens. Le reste de sa famille a été massacré. Aucun lien ne rattache plus Dimitri à la Russie. Il ne va pas à l'église de la rue Daru, parce qu'on y fait de la politique. On ne trouve chez lui ni icônes, ni samovar. Une seule fois, il a prêté son hôtel, place des États-Unis, pour une fête de bienfaisance en faveur de la colonie russe de Paris, mais, devant les querelles d'aigres émigrés, il a juré de ne jamais recommencer. Il se sait un homme moderne, un homme de peu de mots, bien réveillé. Il ne partage pas ce goût malsain de la nuit qu'ont les vrais Russes, anges des ténèbres. Il ne fréquente pas ce monde lucifuge, princes aux paupières peintes, seigneurs placiers en vins, cosaques aux métiers de femmes, et ne traîne pas comme eux dans les cabarets funèbres, à boire sucré, à parloter, à chanter, à regretter. Leurs positions mal définies, leurs troubles histoires, leur goût voluptueux des larmes, leur doux penchant à passer à l'ennemi, leur désintéressement intéressé, leur mépris de l'argent et leurs besoins de luxe, et cette fade confiture de bien et de mal, et cet incompréhensible besoin d'être « compris », tout cela le laisse indifférent, de tout cela il n'est pas dupe, et quand les gens lui parlent du charme slave, il sourit. Les enfants de Dimitri seront français, élevés dans la religion de l'ordre, le catholicisme. Dimitri a oublié sa langue natale et chaque matin, dans son lit, c'est en anglais qu'il fait la lecture de feuilles américaines à sa femme. Prudent, ordonné, respectueux de toutes les valeurs bourgeoises, Dimitri n'a plus rien de slave. Il ne s'intéresse pas à grand-chose ; il achète des voitures, les revend, se fait tirer, l'hiver, sur la glace, par des chevaux, et, l'été, sur la mer, par des canots automobiles. La Providence qui l'a sauvé de la ruine et du massacre, il ne l'a jamais remerciée. Il ne pense jamais à ce qui fut sa patrie. De la Russie, il ne se rappelle que les écuries du château où il fut élevé ; la Podolie, c'est pour lui Barbesire, le jardinier français, et Will, palefrenier anglais qui pansait le petit poney shetland.

Au physique, Dimitri ressemble à tous les jeunes gens européens de 1930 : il a une jolie tête d'Américain du Sud sur des épaules d'Américain du Nord.

Il ne lui est jamais rien arrivé.

III

Vers trois heures du matin, nous quittâmes le cabaret montmartrois, ses fumées, ses lumières étranglées, pour nous retrouver sur le trottoir en pente, où attendaient le chasseur, une marchande d'œillets fanés, un photographe sans magnésium et quelques chauffeurs épuisés.

— Et maintenant, au lit.

— Au Bourget ! fit Dimitri. Ma place est retenue.

La fraîcheur de la nuit, la chaleur du vin, le besoin de se remuer après tant d'immobilité, cette exaltation soudaine et factice qui pousse les noctambules aux excentricités dans les rues désertes des cités endormies, tout nous fit encourager Dimitri dans son dessein et l'enfoncer au cœur de sa destinée.

— Au Bourget ! Nous ne te lâchons pas !

Dans deux voitures et quelques taxis, on se mit en route pour le Bourget.

Les boulevards extérieurs, après la place d'Anvers, ceinturaient Paris de vide. Sous les arches du métro, des groupes obscurs se joignaient, se défaisaient. La caravane arriva à la porte de la Chapelle, prit l'avenue Jean-Jaurès, où du bétail rose et fraîchement écorché, pendu aux parois des camions, se balançait sous la douche violette des lampes voltaïques. L'avenue de Flandre se perdait dans la brume, car l'éclairage s'appauvrissait, et les manchons à gaz de la banlieue ne répandaient plus autour d'eux qu'un cerne verdâtre ; nous enjambâmes la Grande Ceinture, et peu après, sur la gauche, apparurent, suspendues dans le vide, des rampes rectilignes de feux rouges. Leurs phares léchaient au passage les carcasses métalliques et courbes des hangars en construction, la masse argentée des hangars pleins. Les amis pénétrèrent dans l'aérogare, transis, heureux de se trouver à Terminus-Aviation, devant des grogs. Une pancarte annonçait : *Prochain départ pour Strasbourg : 3 h 50.*

Sauf le douanier, personne ne dormait. On entendait une machine à écrire mitrailler le papier ; Dimitri se promena avec désinvolture dans les salles de planches, pareilles aux intérieurs du Far-West ; il fit jouer la balance, consulta le tableau noir où les retards de la veille avaient été inscrits à la craie.

— Tu auras de la pluie en Wurtemberg et du brouillard en Lorraine.

— ¡ *No te vayas, querido* ! répétait Merced, désolée.

Tous se pressèrent autour de la carte hydrographique, où, dispersés, les drapeaux bleus indiquaient le vent, les drapeaux rouges, la pluie ; ainsi pouvait-on suivre l'averse ou l'orage, à travers l'Europe, comme une armée ennemie.

— Le baromètre est en hausse.

— Et dans deux jours, nous nous retrouvons tous ici pour te recevoir, précieux colis.

Dehors, un moteur s'emballait. Au-dessus des hangars, sommés d'une lampe rouge, l'hélice du phare fauchait la brume de ses grandes pales lumineuses. À l'extrémité du champ, des triangles carminés indiquaient l'atterrissage propice. Des ombres passaient, pataugeant dans des mares, jurant en diverses langues. Nous arrivâmes sur l'avion sans l'avoir vu.

— Voilà mon zinc ! fit Dimitri.

Les longues ailes jaunes du monoplan nous abritaient. Sur le corps bleu foncé de l'oiseau, des lettres blanches formaient un mot imprononçable et terrifiant, du plus bel effet. La plage de ciment s'étendait jusqu'aux hangars ouverts, grottes sonores où retentissaient la chute d'un outil d'acier, l'éclat d'une voix. À la lueur d'une baladeuse, cachée dans un enchevêtrement de tuyaux et de fils, des mécaniciens préparaient l'avion qui, dans quelques heures, allait emporter à Londres les journaux du matin, humides d'imprimerie. *Cidna, Air-Union, Star, Imperial*, les oiseaux internationaux apparaissaient, monoplans ou biplans, monstres à trois moteurs ou petits taxis ; certains avaient des roues hautes comme un homme, d'autres, des roues de voiture d'enfant.

Tout à coup, des projecteurs roulants s'éclairèrent, à ras du sol, et le champ, transformé en studio, fut balayé de feux croisés et rectilignes. Les hélices de métal blanc brillaient comme des sabres arrêtés dans leur moulinet ; les trois moteurs, prêts, apparurent hors des housses noires. Les faisceaux lumineux couraient à la rencontre de faisceaux opposés, jaillis de foyers lointains qui semblaient provenir d'autos en panne dans la campagne. Cette scène vide à rampe brillante, ce coin de Paris illuminé pour une fête où personne n'était venu, offrait un spectacle cru et désespéré sous le ciel noir. Notre groupe qui, déjà, disait adieu à Dimitri couchait sur le sol des ombres à jambes longues de cinquante mètres et des bustes qui montaient sur la tôle ondulée des hangars.

On roula une passerelle que gravit Dimitri. Il la quittait pour mettre le pied dans la carlingue lorsqu'une manœuvre fit reculer l'appareil et le voyageur resta seul, suspendu sur la plate-forme de bois entre la terre et l'air, comme un condamné sur un échafaud.

Les mécaniciens, en combinaison de toile, pendus aux hélices, contrastaient par leur estivale blancheur de tennis avec la tenue polaire du radiotélégraphiste et du pilote qui arrivaient, casqués et vêtus de cuir gras.

Déjà les pales tournaient au ralenti.

Dimitri se blottit sous l'aile épaisse et pénétra dans la nef. Une fois entré, il voulut faire ses adieux, mais n'eut pas la place de se retourner et tomba assis dans un siège bas. Le haut de sa figure, jaunie par la transparence défectueuses du mica, apparut seul, à travers les fenêtres carrées. Il souriait à sa femme et à ses amis, comme un noyé rieur au fond d'une eau boueuse. La petite porte de Duralumin fut refermée sur lui avec un claquement définitif, tranchant, métallique, mille fois plus terrible que le tonnerre d'un vantail de bronze. On ôtait les cales. Déjà les moteurs s'emballaient et, sous l'essai d'accélération, l'appareil vibra jusqu'au bout des ailes. Derrière lui, les chapeaux, les robes s'envolèrent, les manteaux s'ouvrirent et d'un coup, tous les assistants tournèrent le dos à la rafale.

L'avion vira, roula sur le sol. On ne distinguait plus dans le brouillard qu'une masse sombre, qui elle-même se perdit. Un instant encore brillèrent à l'extrémité de chaque aile les feux de position, vert et rouge, comme des étoiles de couleur, puis un nuage engloutit tout.

Dimitri se pencha. Une dernière fois il chercha à apercevoir le débarcadère, le groupe des hangars, ses amis.

Par la fenêtre, il distingua à peine la masse ronde de la grosse roue ; elle sautillait, tandis que les ressorts absorbaient les chocs, de plus en plus espacés et durs ; puis elle ne retomba plus et demeura inutile, ridicule, suspendue pour quelques heures dans le vide. L'avion montait par paliers, escaladant le ciel par grandes marches de cent mètres ; il se dirigea vers l'Est, s'enfonça dans une sorte de feutre épais. Devant l'aile penchée, Paris se dressa soudain, comme une montagne de lumières ; sous le ciel irradié, presque blanc, elles se juxtaposaient en un invisible dessin urbain qui ne s'exprimait que par le feu. Puis les banlieues, quadrillées à l'infini de réverbères réguliers comme les croix des cimetières militaires, s'arrêtèrent d'un coup. Le paysage se décomposa en couleurs essentielles, depuis le noir des bois jusqu'aux lignes plus claires des routes balayées par les phares d'autos. L'avion ondulait par-dessus les collines, à cette hauteur médiocre où l'air épouse encore le relief terrestre. Des signaux de voie ferrée installaient à des carrefours leurs constellations polychromes.

La science du pilote était évidente dans cette obscurité où seul il savait son chemin, et cela fut agréable au passager. Il s'installa pour le sommeil, descendit dans son col relevé, couvrit ses genoux ; l'osier des fauteuils craqua sous lui. Dans la nuit, face à ce qui serait, quelques heures plus tard, le jour, la machine poursuivait son avance inflexible. Entre les explosions cadencées, qui ponctuaient de flammes bleues l'obscurité, le sucement puissant des carburateurs et le ronflement métallique réveillaient la Champagne endormie. Devant lui, derrière lui, les voyageurs dormaient déjà. Assoupis, leur quiétude immobile contrastait avec l'élan de l'appareil, le travail ardent des trois hélices qui broyaient l'air comme des meules dressées. Parfois une houle douce les berçait avec la lente inflexion des vagues de fond, sans éveiller personne. Qu'on était loin de l'ennui des trains, des heures de nuit comptées une à une, les reins cassés, les poumons engorgés de charbon, le corps meurtri par les aiguillages et les commotions des coups de frein.

On venait de passer au-dessus d'une petite lueur rouge pareille à un feu de pâtre, mais qui était, en fait, l'éclairage violent des aciéries de Pont-à-Mousson, lorsqu'une aube orientale, soufre et violet, annonça le jour.

Dans l'air vif, sous l'œil vigilant de la sentinelle aérienne, l'outil travailleur perçait sa route... La nuit résistait encore, mais, déjà, on pouvait voir comme une fosse profonde bordée par le Rhin qui traçait autour de sa lisière une signature enchantée : six heures du matin, la Forêt Noire. Dans l'obscurité, on ne distinguait à l'avant que le méphistophélique visage casqué du pilote, rougi par les lampes des 43 appareils de bord, et le visage de Dimitri endormi, bleu par le feu des gaz brûlés ; ceux-ci dardaient hors des pots d'échappement une langue drue, fourchue à son extrémité, pareille au jet d'un chalumeau.

L'avion descendait les degrés gravis au départ, lorsque Dimitri s'éveilla. Instinctivement, il leva la main, pour chercher la sonnette, réflexe qui, place des États-Unis, déclenchait l'arrivée de son valet de chambre, l'ouverture des volets de fer, le poids du courrier sur le lit, l'odeur du chocolat, la langue du chien promenée au niveau des draps, mais il ne trouva que le froid de la cloison d'aluminium. Il voyageait en avion ; pourquoi ? Il essuya la buée et se vit précipité sur une pelouse oblique qui oscilla, glissa sous lui. Sa mémoire, à son tour, accosta. Il se rappela la discussion à sa table (quelques années ou quelques heures auparavant ?), le ton échauffé des convives, son désir de les étonner. Il passa en revue ces dangereux serviteurs dociles de notre extravagance d'aujourd'hui qu'il avait mis en mouvement sans aucune raison et dont il était maintenant la victime : le téléphone, les autos, cet avion enfin...

— Je suis un beau c..., pensa-t-il.

À Strasbourg, l'avion atterrit sous la pluie, se posa sur le polygone, aux pieds d'un Kléber en pierre rouge d'Alsace ; Dimitri pataugea un moment dans un marécage de cire jaune. Le froid du matin le surprit. Il s'aperçut alors qu'il avait voyagé en habit et remonta s'abriter dans la carlingue.

Là, il fit son examen de conscience. Il se trouvait en Alsace par une sorte de force gratuite, d'opération spontanée dont il ne cessait de s'étonner. Était-il encore solidaire de sa famille, de sa maison ? Il en doutait. Qu'avait-il de commun avec les habitants de cette zone, ces pilotes d'appareils qui démarraient ou qu'on poussait sous les hangars ; ces mécanos qui traversaient le pré en courant, ces hommes d'affaires immédiatement attelés à quelque besogne utile ? Lui, seul, indécis, vacant, inemployé, il traversait un rêve à pied sec.

Dimitri dut interrompre ses réflexions et descendre, car on changeait de pilote ; ou plutôt on n'en changea presque pas ; petit, rasé, bleu, gainé dans son « cuir », couturé de fermetures éclair, le nouveau disait comme le précédent :

— Tâche moyen, mon vieux, de placer ça entre les deux poteaux ; avec un plafond aussi bas, c'est pas commode. Gare à la flèche de la cathédrale !

La terre parut se détendre comme un ressort et projeter les voyageurs loin d'elle. L'avion, qui flottait sur un jus vert bouteille, se mit à découper des arcs dans le vide. Ogresses, les usines du Rhin, aux toits dépliés comme des paravents, aspiraient des faubourgs entiers, les privant d'hommes et de femmes. On n'entendait pas les sirènes pareilles aux lamentations du peuple juif, qui appelaient cette population au travail, mais on voyait leur jet de vapeur blanche. La fumée des cheminées en tromblon obscurcissait encore le brouillard, maintenant visqueux comme du gluten et qui collait au plu-

mage de toile. Partout il se dissipait, sauf au-
dessus des bois, où il s'attardait en longs
voiles nébuleux, semblables aux rêves, maté-
rialisés, de la terre... Courbatu, précairement
installé, Dimitri se sentait cependant détendu
et détaché. Il souhaitait ne plus redescendre.
Il pensait à sa femme, à ses enfants, à Paris,
avec si peu de regret qu'il eut honte.

— Soyons raisonnable, fit-il, par un
réflexe français.

Deux heures il s'abandonna à ce bien-être,
couché sur les nuages ainsi qu'un dieu
mythologique... Le gros appareil pesait sur
l'air comme un camion sur une route, le per-
forait du vilbrequin de ses trois hélices, le faisait s'ouvrir avec les lames des ailes, puis passait... Il sautait droit dans le soleil, le
regardant face à face, prêt à le heurter, à le
crever. En dessous, Nuremberg dessinait une
étoile de pierres noires avec des douves sans
eau, au fond desquelles s'épanouissaient des
pruniers en fleurs ; toits à écailles rouges et
noires, clochers Renaissance, horloges d'où
les hommes mécaniques émergeaient à
l'heure dite ; Franconie industrielle et agri-
cole où les potagers alternaient avec les
forges, les salades avec les barres de fer, les

pistons avec les topinambours ; il pouvait voir des machines géantes courir sur la corde raide des rails sans le secours de l'homme et errer dans des déserts de scories.

Le pilote rendit la main et l'appareil descendit. Le moteur qui chantait du nez, parla de la gorge, s'enroua, se tut. Le sol se présenta comme un butoir : ils le prirent de biais, roulèrent sans heurt de leurs deux roues inemployées dans le ciel, traînées comme un poids mort à travers les nuées, mais soudain utiles, et s'immobilisèrent, oreilles bourdonnantes, assourdies de silence, après ces millions d'explosions.

— Les villes modernes méritent-elles mieux qu'un séjour de sept à huit minutes ? se demandait Dimitri, tandis qu'on embarquait un Allemand gras et un Autrichien maigre. Il avait pris la cadence de l'air, et il marchait sur l'herbe en chancelant, oscillant de côté et d'autre.

Le chargement terminé, le moteur réchauffé, la porte claqua à nouveau ; l'avion courut se placer face au vent, en sautillant, tandis que les valises des nouveaux venus, encore mal amarrées, glissaient et s'entrechoquaient au fond du fuselage. Le pilote s'assura que la piste était libre puis se jeta sur l'espace ouvert, la main sur les gaz. Il prit sa vitesse, bondit, perdit le sol, le retrouva lourdement. Enfin la queue se souleva. Ils décollèrent. Ce n'était plus l'avion d'il y a quelques années, caravelle hasardeuse aux mains de hardis explorateurs ; c'était une vraie locomotive moderne, lancée sur des rails invisibles, ne tenant nul compte des tempêtes, insensible aux vents, aveugle et certaine de son parcours, arrivant aux gares à l'heure dite, sans hésitation, sans raté, sans accroc. D'ailleurs, il suffit d'avoir visité une usine de moteurs d'aviation — d'avoir vu tremper dans les bains d'huile les aciers couverts de feux-follets bleus, d'avoir assisté aux épreuves de résistance, au choix diligent des métaux, à la sélection impitoyable des pièces, d'avoir passé sa main sur le poli des chemises, qu'aucune paille ne vient ombrer, d'être descendu dans les casemates souterraines où cinq ou six moteurs tournent en même temps, de jour en jour, au banc d'essai, dans un fracas effroyable mais rythmé, nimbés d'éclatements mauves — pour comprendre quel sentiment de sécurité éprouvait Dimitri.

La fuite du voilier horizontal continuait

accélérée par le vent d'ouest. Sensible comme une balance, l'appareil penchait, survolant les monts de Bohême, dans le sens du soleil, et plus rapide que lui. Des carrières, blanches comme le squelette de la terre, éclataient, heurtées par le soleil du matin, accrochaient l'œil. Des ombres peintes en bleu s'allongeaient au pied des peupliers de Pilsen, « cité de la bière blonde » — ainsi l'Allemand la désignait en souriant à Dimitri, qu'il réveilla en passant un mot sur la carte de visite par laquelle il se présentait à lui ; dans le fracas des moteurs, le pouce dressé, il fit le geste d'humer d'un trait une chope imaginaire, en suçant l'air comme un sein...

La Vltava, rivière de Prague, leur indiquait maintenant le chemin. Méandres argentés comme de la bave d'escargot qui se tortillaient autour d'îles coiffées de peupliers tremblants, méandres par-dessus lesquels des ponts, parfois, voltigeaient. Au fond d'une coupe à hauts bords, ils furent sur Prague avant de l'avoir aperçue. Une aile s'abaissa ; comme par une trappe, Dimitri en se penchant vit monter vers lui des toits ardoisés, qu'on écrêta presque. À plat, la ville nouvelle, sèche, géométrique ; en étages, la ville ancienne, aiguë, coiffée de clochetons vernissés de jaune avec ses jardins à l'italienne, la pente de ses rues raides. Ils passèrent presque au niveau du Hradcany, le vieux kremlin de Bohême, entouré de lilas dont on apercevait les touffes mauves, à quelques brasses des fossés profonds où l'empereur Frédéric, jadis, collectionnait des félins. Ils churent à pic, tandis que les moteurs ralentissaient leur course. Entre les hangars et la T.S.F. un nom en larges lettres blanches s'inscrivait dans un cercle : *Praha*.

— Bientôt, pensait Dimitri, la terre se lira à plat, comme une carte : les poteaux-frontière seront couchés et non debout ; la nuit, les fleuves épelleront leur nom électrique le long de leurs rives en lettres larges comme un boulevard, et les déserts seront remplis par les majuscules indicatrices de continents.

... Midi, accompagné d'un soleil blanc mais presque vertical déjà, les trouva suspendus au-dessus de gorges, de bois, de grands domaines moraves dans un air vierge, l'air des neiges éternelles — neige première image de la terre pour ceux qui viennent d'en haut, Dimitri, las de tant de champs de betteraves, trompait sa faim en fumant derrière le dos du pilote. Des poches d'air le secouaient. Il se pencha, eut un vertige, ressentit la peur. Pourquoi lui, qui ne s'était jusqu'ici privé de rien, n'avait-il jamais voulu connaître le danger ? Il se demanda s'il le rencontrerait maintenant... Une avidité nouvelle le saisit, parmi les bonds de l'appareil ; oublieux de ce qu'il laissait derrière lui, Paris et le passé, il ressentait une aversion singulière pour son calme bonheur. Il aspirait la pureté du ciel, courbé sous ce mince toit de toile et d'aluminium. Être emporté si haut, si vite, sans autre raison qu'une raison absurde, l'enchantait. À 150 kilomètres à l'heure, il flânait. Ces ombres de nuages à l'Occident, ces pâleurs blafardes à l'Orient, il les dominait, conduit avec certitude d'un mouvement direct, bercé par la chanson d'acier. Plus de frontière. Les pays s'unissaient, fondaient leurs couleurs les unes dans les autres, se soudaient tels que Dieu, et non les hommes, les ont faits. Après les champs, noirs, on voyait les pentes rougeâtres des régions désertiques, les collines rebondies et roses comme des cuisses, avec les poils des sapins ; parfois, à la rencontre des ailes, montaient des effleurements rocheux.

Dans une brèche de montagnes, l'avion s'engageait, tandis qu'augmentait le froid. Alors, à terre, apparurent les nuages (ou bien, ils étaient là depuis longtemps, mais Dimitri ne les avait pas regardés). Îlots légers, ils couvraient à perte de vue la plaine claire de grandes ombres immobiles et bleues. Pourquoi, lorsqu'on est sur terre, n'aperçoit-on à la fois qu'une ombre, et non ces milliers d'ombres que les nuages font sur le sol, entre lesquelles joue la lumière ?

Ce qui, si longtemps, occupa les hommes et leur fit un œil de miniaturiste, le regard vide des fenêtres, les bleus dessous des feuillages, les façades stratifiées des montagnes, la colonnade des forêts, les poches sombres des vallées, et, plus encore, les infiniment petits, les humains, les ailes de papillon, tout cela, en avion, disparaît. Une nouvelle planète nous est offerte. Le paysage ne se présente plus comme une suite de décors suspendus, de rideaux en verdure, de portants en plâtre, d'écrans en terre, de coulisses en pierre, arrêtant à chaque instant le regard. Le monde, vu de haut en bas, est un tableau affranchi de l'ancienne perspective, des couleurs d'hier : angles, lignes, cercles, problèmes récents...

Les fleuves-reptiles y montrent leurs profondeurs solidifiées, les lacs leurs congélations sombres, les routes dépeuplées couronnent comme une gloire des villes semblables à des roues de loterie. C'est ainsi qu'un univers inférieur, quadrillé, compartimenté, géométrique, s'offrait aux regards de l'arpenteur aérien.

L'appareil se cabra pour passer par-dessus un cumulus cotonneux, mais ne réussit pas son saut et entra dans le blanc et épais massif comme dans une matière solide. Dimitri ferma instinctivement les yeux... mais le rassurant ronron du moteur continuait. Ils émergèrent. Le soleil vint, à nouveau, par les fenêtres, réchauffer les mains et les genoux, à gauche, tandis que, sur la droite, les regards s'allongeaient sur la mer bossuée des nuages. Étendue si dense, neige de vapeur si compacte, qu'on avait envie de s'y élancer avec des skis.

Plus rien. Le soleil avait disparu. On avançait maintenant dans une buée froide, sans couleur, et, malgré le chauffage, on voyait dans l'avion la buée des respirations. À travers un trou, la plaine verte, balafrée de routes. L'avion dansa, tomba dans des poches d'air. D'invisibles obstacles faisaient vibrer les ailes ; des trous mous s'offraient dans lesquels on enfonçait comme dans un drap jusque-là tendu et qui cède. Par le hublot d'avant, Dimitri voyait le casque de cuir du pilote et son rond œil de verre qui surveillait le ciel. Il attendait depuis longtemps le Danube. À l'heure indiquée, très haut, le fleuve apparut à l'horizon, une mince lame d'acier. Près d'un quart d'heure on marcha sur lui sans qu'il se laissât approcher. Il courait ouest-est, rectiligne, alourdi parfois par la hernie d'un lac... Le soleil jouait à pic sur l'eau, maintenant aveuglant, et tout le ciel s'en trouvait illuminé, toute l'atmosphère dilatée, tant la réverbération devenait intense. On voyait des arbres noyés céder au flux. Enfin on survola le fleuve, ardoisé délicatement, et, à l'abri de l'écran des montagnes, Vienne apparut, contre les pentes du Wienerwald...

À nouveau seul, compagnons et pilote l'ayant quitté, Dimitri erra à pied dans l'aéroport d'Aspern, mangeant des saucisses fumantes et roses qui lui brûlaient les doigts. Cela l'amusait d'être ainsi, incognito, au centre de cette ville où il comptait tant de parents et d'amis. Il décida de prolonger ce mystère et de ne se faire connaître à personne, lorsqu'il arriverait à Bucarest. Ne tenir à rien, ne rien provoquer, ne se défendre contre rien, n'être fidèle qu'à l'instant, l'emplissait d'orgueil. Il allait vibrer comme l'avion, osciller comme lui, sans raideur. Ainsi s'efforçait-il, sous la lumière fine de Vienne aux dômes de bronze verts, à ne plus résister.

Nouvel envol. En boucles maladroites, le Danube rampait, serpent sans taches, à travers la plaine de blé de l'Europe centrale — blé encore vert, avec des jaunes indécis, par plaques. Elle s'éleva, gonfla comme une pâte, coinça le fleuve, que des rives rocheuses gardèrent à vue : au-dessus de Pest horizontal et de Bude vertical, au-dessus de l'île Marguerite, l'avion passa. Les ponts et leur reflet ne formaient qu'une seule masse, trouée par les arches. Les blancs bateaux à vapeur austrohongrois coupaient de leurs fuseaux d'écume saillante les eaux, qui, de cette hauteur, paraissaient sirupeuses, plus lentes qu'une mélasse.

Dimitri sommeillait lorsqu'on lui passa un mot écrit par le pilote : « Si vous n'avez pas encore fait la ligne, voici le passage des Portes de Fer, regardez : ça vaut le coup ! »

Ce bout de papier remis à Dimitri, voilà tout ce qui restait des interminables conversations entre voyageurs et maîtres de poste qui servent si souvent d'exposition aux romans de Balzac ; diligences d'Ursule Mirouet et de Charles Grandet..., claquements des fouets et musique des grelots, remplacés aujourd'hui par le tintamarre des explosions mauves ! Jadis on croisait sur la route la jaune et noire *Polignac*, la *Française* bleue, le *Grand Bureau*, comme aujourd'hui dans les nuages la *Flèche d'Orient*. Le pilote, pareil au postillon, « le nez au vent, l'œil sur l'espace », causait dans l'éther immobile, en plein ciel, avec ses passagers, tandis que le radio aux oreilles de métal causait au loin avec la terre.

Olivâtre, céladon, tout ce qu'on voudra, mais pas bleu, ce Danube. L'appareil donne de la bande ; à bout d'aile, le fleuve apparaît. On le laisse à bâbord, tandis que des montagnes surgissent à l'horizon, toutes bleutées par le recul, sous un soleil qui décline et rosit les pare-brise... Le Danube traîne maintenant une eau écumeuse. Ce ne sont que pics et gorges, bordés d'aiguilles de sapin. Quatorze heures après son départ, au sortir d'une sieste délicieuse, Dimitri se sent parti pour le tour de la planète. Il fait glisser la fenêtre, se penche témérairement. Orgasme du cœur et des poumons. L'air qu'on heurte fait le même clapotis que l'eau. Plus de terrain où se poser : seul le fleuve est plat, par instants, mais généralement coupé d'îles, de barrages, de petites plages de sable fauve, où échouent des arbres déracinés.

— Attention, nous allons piquer ! fait signe en riant l'homme aux oreilles de nickel.

Les cylindres bafouillent, la pesanteur se fait sentir aussitôt, ils tombent. Puis le moteur repart, plein gaz. Une panne ici serait grave, mais la sauvagerie du paysage suffit à tout enchanter. Les monts se resserrent : Alpes de Transylvanie et Balkans ne laissent entre eux qu'un passage d'une centaine de mètres. L'avion s'y engouffre. Un gros doigt de cuir fait le point sur la carte. Dans le crépuscule, ils aperçoivent de petits villages blottis en contrebas, entre les dépressions du sol. Le long du fleuve, une route en corniche marque d'un tracé blanc son itinéraire sinueux, parfois invisible lorsqu'il est happé par des tunnels. La nuit s'étend vers l'est. Au-dessus de crêtes sinistres, enflées comme des tumeurs, le voyage se poursuit. Entre les premières étoiles, Dimitri se faufile. L'île d'Ada Kalé pointe à la verticale son minaret sous la lune. Petite colonie turque perdue en ces régions inhumaines, fidèle à ses traditions ; mirages de bazar s'allumant entre des montagnes de rêve. Plus loin, Turnu Severin crible la nuit de lumières mystérieuses.

Champs beiges, roses ou verts, avec leurs meules posées comme de gros boutons. Plus de relief maintenant ; l'avion survole la plaine à blé infinie. La Roumanie, villages blancs, peints à la chaux. Dimitri résiste à l'ensommeillement de l'altitude, aperçoit des clochers d'or bulbeux, à la croix enchaînée. Il pense qu'il a désappris le signe de croix, de droite à gauche, celui de son enfance ; il s'assure que personne ne le regarde, et, furtivement, se signe à l'orthodoxe.

Des rivières inconnues descendent du nord, vers le Danube ; des voies ferrées se cherchent et se joignent ; le long serpent d'un

train aux anneaux lumineux rampe lentement sur terre, à l'allure de cent kilomètres à
l'heure. Baneasa. Les gaz sont coupés.
Arrivée.

Une longue descente en cercles successifs
et progressivement rétrécis. La terre...

Le phare, allumé pour leur atterrissage,
s'éteignit et Dimitri se trouva perdu dans ce
champ d'aviation que bordait la route de
Bucarest. Une faible teinte rosée, sur laquelle
se découpait le bois de la Chaussée Kisselef,
indiquait seule le centre de la ville. Dimitri
n'avait plus envie de dormir, mais il était inca-
pable de parler et de penser. Ces vols de nuit,
ces oscillations invisibles, ce bercement pen-
dulaire dans l'espace obscur l'avaient abruti.
Ses yeux, qui avaient cherché à voir plus loin
que le projecteur, impuissants contre la force
inerte d'un éther qu'on eût dit intersidéral,
lui faisaient mal. Il oubliait ce qu'il était venu
faire à l'autre extrémité de l'Europe. Il avait
voyagé plus vite que sa pensée. Il entendait
encore mugir les orgues des moteurs, que
l'avion déjà dormait sous son hangar ; des
chiffres, des mots techniques inutiles s'impo-
saient à lui : balisage... quinze kilos de

47

bagage... correspondance air-fer... 2 575 kilomètres, et il les rejetait avec humeur.

Que faire, à minuit, à Bucarest ?

IV

Dimitri traversa en taxi la ville endormie et se fit conduire à l'hôtel. Dans le hall, sa joie tomba. Il mourait de faim et le restaurant était fermé. Il voulut annoncer à sa femme son arrivée : pas de téléphone avec Paris. Il prit un bain, se coucha, ne put fermer l'œil. La chanson ronde des moteurs, qui là-haut l'endormait, revenait et chassait le sommeil. Demain il achèterait des vêtements, car il ne pouvait continuer à se promener ainsi en habit noir. Demain... quelle stupide aventure ! Il s'agissait maintenant de la terminer au plus vite.

Au fond, qu'était-il venu faire ? Acheter un kilo de caviar. Le premier avion pour la France partait dans cinq heures. Ne pouvait-il, cette nuit même, trouver ce qu'il lui fallait et s'envoler aussitôt ? Il appela le portier de nuit. Empressé et négatif, l'homme dont le col s'ornait de clés d'or lui répondit que tous les magasins étaient fermés. Dimitri se rhabilla et descendit. Au salon de l'hôtel, plus de rendez-vous d'affaires ou d'amour ; rien que des garçons effondrés, et un journaliste anglais qui écrivait sur ses genoux un livre sur la Roumanie. Au bar, des commis-voyageurs américains jouaient au bridge.

— Quoi ? Toi ici ? ce n'est pas vrai !

— Non, tu as raison, ce n'est pas vrai.

— C'est comme ça que tu fais signe à un camarade de Maxim's ?

— Dis-moi, Basile, répondit Dimitri, où puis-je trouver du caviar à cette heure-ci ?

— Aux halles, parbleu. Tu connais Bucarest ?

— Comme quelqu'un qui y a déjà vécu dix minutes.

— J'ai ma bagnole ; je t'enlève.

Basile Zafiresco restait le Roumain de la fable, le Moldo-Valaque de nos pères boulevardiers. Affranchi, dissolu, souriant, familier et sans fiel, le plus sympathique des représentants du Mal sur la terre. Figaro balkanique, personnage dégourdi, perpétuellement affairé, toujours prêt à tout mais indiqué pour rien, le contraire du *right man in the right place*. Utile à sa manière, puisqu'on le charge de toutes les missions, dont il revient toujours avec de bonnes nouvelles, c'est grâce à lui qu'elles réussissent sur l'heure, mais n'aboutissent jamais. Personnalité sans mandat, animal politique, amant infidèle, père de famille capricieux, ami indifférent mais toujours présent, ce précieux camarade de souper apparaît au coucher du soleil ; il a des cartes de rédaction de tous les journaux, des coupe-file de toutes les préfectures, voyage dans tous les wagons ministériels et ne cesse de pester contre son pays qu'au fond il préfère à tout et ne quitte jamais, sauf les années d'abondance, pour aller faire la noce à Paris.

— Je te garde, Dimitri, dit-il.

— Je repars par le prochain avion.

— Tu mens.

— Demain, six heures.

Ils arrivèrent aux halles.

Ensemble ils pénétrèrent dans un cabaret étroit comme un couloir, où les clochards et les débardeurs venaient manger la soupe dès qu'ils l'avaient gagnée. Au fond, derrière un rideau, se trouvait la table pour les bourgeois, une table avec une nappe de papier, des couverts de fer, et de petits verres.

— Vidons-en un, dit Zafiresco, puis nous irons à l'arrivée du poisson acheter un panier de carpillons frétillants que nous précipiterons nous-mêmes ensuite dans la friture de ce fourneau... Prépare ta friture, *lele*, cria-t-il à la servante.

— Et mon caviar ? demanda Dimitri.

— Tu le trouveras ici même dans une demi-heure, une fois les cours fixés, répondit Zafiresco en fermant le rideau.

Sur un plateau on apporta dix petits carafons d'eau-de-vie.

— Tu attends du monde ?

— Évidemment..., mais ces quelques verres... nous en viendrons vite à bout tout seuls. D'ailleurs, il en faut aussi pour les tziganes. La *tsuica* est comme la vodka. De l'eau-de-vie à 40 %. Rien du tout. À ta santé ! De nous deux, c'est moi le plus russe.

Dimitri, à jeun depuis vingt-quatre heures, sentit l'alcool lui arracher la peau du tube digestif, tomber dans l'estomac qui plia et se contracta comme une huître sous le citron, tandis que se gonflait le foie. La tête lui tourna ; il voulut se lever mais se sentit des jambes récalcitrantes. Des miroirs lui passaient devant les yeux (jamais il n'avait été à ce point pris en traître). Des orchestrations fantastiques frappèrent ses tympans encore sensibles aux détonations du moteur. Ce qui lui entrait dans les oreilles, c'était une sorte d'opéra-bouffe plaintif, à la mode turque, plein d'airs irisés qui lui dilataient le cœur, balayaient sa conscience, déséquilibraient l'âme pondérée que lui avait créée l'Occident ; la musique semblait se rapprocher comme une menace. Le rideau se souleva, et un tzigane apparut.

— Voilà, le *lautar* ! Quelle veine, c'est Ionica ! hurla Zafiresco, gonflé de préjugés indigènes.

Au-dessus d'une guitare crasseuse, se leva une lune de peau d'un jaune uniformément mat, où des yeux mouillés, asiatiques, étaient torturés par la fatigue, comme une bouche par la faim ; car le musicien, qui ne dormait jamais, avait toujours sommeil ; des moustaches tombaient de chaque côté des lèvres violettes, qui s'ouvrirent comme une figue, découvrant la seule chose intacte et pure de toute cette face assez affreuse : les dents.

— Vois ta chance, cria Zafiresco, la première personne sur laquelle tu tombes, à Bucarest, c'est la seule qui compte. Des ministres, tu en trouveras à la pelle ; alors qu'il n'y a qu'un Ionica. Ionica a joué partout. Il connaît peu de monde, mais il est connu de tous. Il a vécu à New-York ; il jouait aux Îles, à Pétersbourg, avant la guerre ; il a joué à Moscou en pleine révolution. C'est un puissant seigneur dans l'ordre secret de la tziganerie internationale : les vieilles liseuses de tarots des Saintes-Maries de la Mer, les chaudronniers de la First Avenue, les maçons de Moldavie savent qui il est. Ionica pourrait devenir roi du monde : il préfère le Danube, et je suis comme lui.

Dimitri regarda le blême tzigane. Ionica paraissait, comme tant de ses confrères, un gros professionnel languissant de la mélodie nocturne, mais sous son air léthargique, dans sa voix enrouée, dans son sourire luxé, Dimitri discerna quelque chose d'insolent et de rusé qui lui déplut.

— Tous les soirs, ajouta Zafiresco, il me faut mon Ionica. Il me suit partout en grattant sa guitare. Je l'emmènerai dans ma tombe, certainement. D'ailleurs il me ruine ;

54

le *lautar*, c'est un animal très coûteux, bien qu'il hante les endroits sordides. Allons faire notre marché !

Ils sortirent du cabaret et se dirigèrent à travers des tranchées de choux, des forteresses de pommes de terre, des solitudes de maïs, des abats de viande sortis tout neigeux des frigorifiques, des régiments de fromages en ligne, jusqu'au carré du poisson. Deux par deux, les camions de six tonnes se présentaient, déversaient leurs caisses sur le pavé avec fracas, pour céder aussitôt la place à d'autres. De grands Turcs moustachus et enturbannés comme sur les gobelins, des intellectuels russes dans la misère, apprentis portefaix, des Bulgares à tête ronde, éventraient aussitôt ces caisses qui arrivaient toutes fraîches du Delta. Une odeur fade et délicieuse d'eau douce, de vase, d'herbe et de poisson cru surprit Dimitri.

Les grandes carpes dorées à dos gris ou noirs, pour les fêtes juives, étaient rangées en bancs verticaux ; si écrasées que parfois la laitance en sortait ; en caques, arrivaient les petits gardons, les ablettes nickelées. Zafiresco connaissait tout le monde ; dans la bousculade de ce marché de gros, il parvint à

55

se faire servir au détail et pêcha sa friture à même une profondeur de fretin. Tout gluants de limon, les brochets à dents de squale, les anguilles moirées, les truites saumonées étaient étalés et vendus au milieu des vociférations, des jurons, de l'instable criée des cours. Si frais, ce poisson de rivière pêché à trois heures de là, qu'on l'eût dit arrivé directement aux halles par quelque drain collecteur.

Autour d'eux, sous les arcs électriques, les écailles couvraient le pavé fangeux de nacre rose.

— Tiens, le voici, ton caviar !

Les boîtes s'amoncelaient en colonnes de fer-blanc. Le Roumain fit sauter la bande de caoutchouc rouge, ôta le couvercle et les œufs apparurent, parfaitement plats, brillants d'huile, si serrés qu'on n'aurait pu en ajouter un seul.

— Ça, c'est pour notre souper de ce soir. Ici, c'est moitié moins cher qu'en ville, chez Ciobanu. Et si tu veux avoir du caviar pour rien du tout, accompagne-moi sur le Danube, à Vâlcov. Là, tu verras des Russes, tes frères, éventrer l'esturgeon ; tu opéreras toi-même, au besoin. Tiens, regarde ce personnage.

C'était un esturgeon si gros qu'on l'avait débité en trois tronçons, et chaque tronçon dans une caisse : un cadavre, un tronc humain, à chair blanche, à sang rose, à couenne truitée.

— Il est temps que je fasse mes achats, répondit fermement Dimitri.

— Laisse donc Paris tranquille ! clama Zafiresco, et viens sur le Danube. C'est bien plus beau !

— Tu es le seul Roumain qui dise cela... Il faut que je reparte, répondit Dimitri.

— Tu as bien tort. Demain soir, à cette heure-ci, je serai à Braïla. Là, le yacht des Pêcheries, qui m'a été prêté, m'attend.

Une guitare résonna derrière eux ; Ionica venait les retrouver. Tandis qu'il raclait un nocturne plaintif, il faisait lui aussi son marché. Il pinçait les cordes d'une main, touchant du pouce les petits filets saillants sur le manche nacré ; de l'autre, il enfouissait dans sa poche des perches plates et chevronnées, dont les nageoires orangées et la queue rouge apparaissaient hors de son veston, comme un mouchoir.

— Je vous présente le prince Dimitri Koutoucheff, qui arrive de Paris, en avion. C'est un Russe, mais très peu russe ; Dimitri, voici mes amis, Canacopol, Barbu Veredan, Nicu Petresco.

Les trois Roumains, à la vue d'un Russe, s'étaient rembrunis ; au bruit argentin que fit le mot Paris, donné comme caution, le sourire revint sur leurs joues.

La table était couverte de petits verres ronds, comme une poitrine de ventouses. Le caviar s'étalait sur le pain bis en grandes tartines de cirage. On apporta du mouton en brochettes et du yaourt, une soupe de poulet au citron, un plat de maïs au fromage, des saucisses, des courgettes farcies, des boulettes de bœuf, des boulettes de veau et des boulettes d'oie.

— Vous allez engloutir tout cela ? fit Dimitri étonné.

— L'habitude est de manger n'importe quoi, à n'importe quelle heure. Tu me demandes combien nous serons à souper ? Deux, dix, cent ; les gens ici s'agglomèrent, sortant on ne sait d'où. C'est l'événement qui les crée. Ils vivent en boulettes, eux aussi.

Debout, Ionica jouait ses *doiné* mélancoliques, tandis que les jeunes Roumains désœuvrés débitaient des torrents de poésie et d'histoires sales.

— Tu sais comment réagit la Française ? Elle demande à l'homme : "C'était bon ?"

— Et l'Allemande ?

— Tu m'aimeras toujours ?

— Et l'Anglaise ?

— *Do you feel better ?*

Ensuite, ils versèrent dans le lyrisme.

— Le premier poète français, c'est Maurras ; je casse la gueule à celui qui dira le contraire ! criait Canacopol.

C'était un vieux licencié en droit, d'origine grecque, aux cheveux bleus et blancs, au teint de racahout, ricaneur, encanaillé, macéré dans le tabac, qui n'avait quitté le boulevard Saint-Michel que sous la menace de sa famille ; il courtisait avec une politesse géante les femmes de brasserie, se transformait en journaliste au moment des élections, y faisait son beurre, grappillait parfois quelques jetons de présence dans des banques amies, vivait du poker et, le reste du temps, végétait avec indolence dans le nirvâna roumain du café Capsa.

— J'ai bien connu Maurras au Soufflet.

Toi qui brilles, enfoncée au plus tendre du
cœur,
Beauté, feu éclatant, ne me sois que
douceur...
Ou si tu...

— Pas du tout, le premier poète français,
c'est Apollinaire, Guillaume :

Voie lactée, ô sœur lumineuse
des blancs ruisseaux de Chanaan
et des corps blancs des amoureuses...

je ne sais plus le reste... attends, sale Grec,
que je retrouve ma *mémoire*, bafouilla Barbu
Veredan, et tu verras !

Veredan était poète. Il avait publié un
volume de vers octosyllabiques à compte
d'auteur, place de l'Odéon. Il était plus
connu à Bucarest comme joueur, ayant tiré
vers 1913 un flush royal à quatre cartes.

Les verres volèrent, s'écrasèrent contre les
murs. Ionica, habitué à ces amicales fureurs,
se réfugiait, sans cesser de jouer, derrière la
portière. On l'entendait pincer ses cordes de
laiton en baissant la voix un moment, puis,

quand il jugeait le calme revenu, sa tête aux lèvres violettes réapparaissait ; il avançait, bien à couvert, l'échine et le jarret pliés, prêt à la retraite.

— Où est, Spiro, où est ma mémoire ?

— Quand Barbu est ivre, expliqua Zafiresco, il oublie tout ; aussi se fait-il suivre de son valet de chambre, qu'il appelle « sa mémoire » ; Spiro lui passe les noms de famille, de lieux, les anecdotes, tous les souvenirs dont un maître a besoin.

— Il était bon pour le service, figure-toi, dit Barbu, alors j'ai écrit au ministre de la Guerre que ma *mémoire* ne pouvait pas décemment partir au régiment et, comme papa a été jadis premier ministre, ils ont mis Spiro en sursis.

Ionica jouait maintenant sans arrêt des airs sautillants et rapides qui rendirent brusquement Canacopol agressif.

— La révolution, ça vous a fait au fond un bien énorme, à vous autres Russes, dit-il, s'en prenant soudain à Dimitri. Vous étiez tous accrochés les uns aux autres, à la queue leu leu, comme les wagons d'un train ; un train qui tournait en rond !

— Tu sais, dit Zafiresco, conciliant, Dimitri est tout à fait isolé, dénationalisé...

— Un soir, continua Canacopol, un général russe arriva chez nous en Moldavie ; c'était en 1917. Il nous crie : "Sauvez-moi, mes soldats veulent me saigner ! — N'avez-vous pas vos officiers pour vous défendre ? — Tous mes officiers sont avec moi, répondit le général, mais cela ne suffit pas. Qu'on me prête des sentinelles roumaines !" Et il ajouta : "Je n'ai confiance qu'en ce lieutenant-ci : c'est mon fils."

— Ton histoire n'a aucun intérêt. Tu es ivre !

— Je vais la finir, votre histoire, interrompit Dimitri ; elle n'est pas assez russe : "Et comme le général se retournait vers son fils, celui-ci lui passa son sabre à travers le corps."

Tout le monde se mit à rire, sauf Canacopol qui, la tête dans ses mains, continuait à divaguer :

— On parle souvent de l'enfer soviétique : ce n'est rien à côté de l'enfer que chaque Russe porte en soi.

Il buvait et, sans prendre la peine de reposer son verre, le laissait tomber à terre à la fin de chaque phrase et l'on marchait sur du verre pilé.

— Au fond, c'est ce que j'aime, Prince... Le côté vaseux des Russes qui pleurent toujours, qui aiment, comme nous, traîner partout et ne plus s'en aller.

— Vous tombez mal, je repars demain matin.

— Alors, je vous tire mon chapeau... tire mon chapeau... il est vrai que vous n'êtes pas encore reparti !

Canacopol voulut se lever, mais il tomba assis et s'endormit les pieds devant le feu.

Dimitri bâilla.

— Il faut me secouer, fit-il, je m'endors.

— Café turc ! fit Zafiresco. Allons le prendre là où il est le meilleur : au café des marchandes de fleurs. Ensuite, tu iras dormir quelques heures, avant de retrouver ton avion. Tu ne redoutes pas une nuit blanche ?

— Je ne redoute que les bolchévistes et les souris, répondit Dimitri.

Il éprouvait, à se laisser faire, un plaisir délicieux. « Les événements, pensait-il, lorsque l'homme leur permet de se combiner librement entre eux, donnent les dessins les plus mélodieux, les irisations les plus rares, les plus irréelles arabesques. » Au sortir de l'administration bourgeoise et militaire de sa vie parisienne, il se sentait, cette nuit, gris — non seulement d'alcool et d'airs tziganes — mais de non-agir ; le temps prenait maintenant sa fluidité orientale, l'aisance, la transparence des rêves. « Oui », disent les Russes à tout. *Da*. Et le mot était le même en roumain. *Da*, chantait Ionica. *Da*, répondait secrètement le prince Koutoucheff.

— Tu sens, dit soudain Zafiresco, en mettant sa main sur l'épaule de Dimitri, tu sens cette ankylose, ce bien-être terrible, cet opium plus subtil que l'autre, cet effondrement de la morale, ce naufrage de toutes les erreurs et de toutes les vérités ? Eh bien ! c'est le *kieff* ; Ionica, c'est le maître du *kieff*.

Dimitri rentra à l'hôtel. Il demanda à être réveillé à cinq heures. Le portier répondit qu'au-dessus des lits se trouvait un dispositif spécial, un réveille-matin automatique « de fabrication nationale ». Dimitri mit la fiche au numéro cinq et s'endormit.

Lorsqu'il se réveilla, il était cinq heures, mais cinq heures du soir. Zafiresco entrait, suivi de Ionica, qui jouait, tout en marchant, *l'Alouette*, à travers les couloirs de l'hôtel.

— Réveil en fanfare ! Tu t'es trompé de douze heures, mon vieux ! Ça t'apprendra à te fier à nos mécaniques locales. Habille-toi et partons pour Braïla, tu n'as plus que ça à faire.

— Bien, fit Dimitri encore assommé de fatigue, avec la même résignation heureuse que la veille.

— Ionica, joue-lui *Ciocarlia*.

Le tzigane s'assit sur le lit avec une nonchalance ottomane, tandis que Dimitri retombait couché, heureux de ne pas résister à la douceur de cette vie intime, dans ce pays inconnu, au son d'une guitare nacrée.

— Ionica, il faut réveiller le Prince... Faisons-nous rire... Imite le merle.

L'œil brillant sous la paupière bistre, la narine ouverte, l'homme se mit deux doigts dans la bouche et le sifflet court, strident, qu'il émit, évoqua si bien l'oiseau noir, sautillant d'arbre en arbre, le bec jaune en avant, que ce fut dans la chambre d'hôtel comme un parfum de campagne. De ses grosses joues pleines de vent il sortit ensuite un duo de rossignols, si pur, si tendre que, changement à vue, apparut un jardin persan au clair de lune.

— Ionica, imite le combat entre le gros et le petit coq !

Sans se faire prier, le tzigane heurta l'un contre l'autre deux coqs imaginaires, l'un enroué, rhumatisant, essoufflé, l'autre ardent, léger, triomphal. De ses mains, il se tapotait les cuisses pour rendre le bruit des ailes.

Tour à tour, Ionica fut un canard, un bouvreuil, un veau abandonné. Ses imitations dénotaient un tel esprit d'observation, un tel sens de la nature, qu'on devinait que sa jeunesse s'était passée à tordre le cou aux poulets sur la grand-route et à dormir dans les granges. Lorsqu'il mit en scène la course, à travers la basse-cour, du cochon de lait, ses plaintes, ses hurlements, son égorgement à l'occasion de la pâque, Dimitri se roula de joie dans ses couvertures.

— Tu vas ameuter l'hôtel. Assez !

— As-tu entendu ce cri suprême ? On dirait Chaliapine dans la mort de Boris ? Tiens, prends ce verre.

Dimitri lui tendit un apéritif. Ionica le prit

en esquissant une humble révérence, de ses deux genoux à la fois pliés.

— Recommence la mort de ce cochon, fit le prince. Ne rate pas ce cri — je l'ai encore dans les oreilles — ce cri qui s'arrête dans la gorge tranchée ?

V

À Braïla, ils descendirent de wagon ; un vent cruel grondait au coin des rues, annonçant le port vers lequel ils s'acheminaient ; Zafiresco, dans un complet de golf clos du col à la cheville par des fermetures éclair, tirait par le bras Canacopol, court, bouleux et asthmatique. « Tu viendras, avait-il dit à son bouffon, nous avons besoin d'un quatrième au poker », et Canacopol, qui se conservait dans les cafés et haïssait le plein air malsain, le sport homicide, s'était laissé convaincre par des promesses de caviar frais et l'ouverture d'un minuscule crédit à sa banque.

Devant eux marchait l'ingénieur Mouriano. Chargé du creusement d'un canal pour alimenter d'eau douce les lacs saumâtres du Sud et y développer ainsi les ressources en poisson, il vivait toute l'année dans le Delta dont il connaissait les moindres canaux, et s'était offert pour organiser l'excursion.

Dimitri s'amusa du contraste entre Canacopol gras, sautillant, métissé de grec, d'arménien et de bulgare, véritable pasquin de répertoire, dernier survivant d'un âge de flânerie, de plaisirs vulgaires, d'inconscience sociale, et ce représentant de la pure race roumaine, ce grand garçon sportif et pas bavard, aux yeux rassurants, à la belle figure de légionnaire antique. Il découvrait en Mouriano un de ces Roumains qui connaissent l'univers, ont fait tous les métiers, ont été aimés des plus belles Américaines, puis sont revenus tranquillement vivre chez eux d'une petite fonction d'État dont ils se tirent avec esprit.

Ils attendirent leurs bagages dans un café sordide, orné d'affiches de compagnies de navigation, qui ne cherchait même pas, comme dans les autres ports, à s'élever au rang de bar. Mal éclairés par une lampe de chambrée, dont la fumée de pétrole prenait à la gorge, des soutiers syriens, des matelots grecs, des marins anglais buvaient, isolés par nationalités. Chacun d'eux s'enfonçait dans une ivresse individuelle.

Un gamin à oreilles décollées circulait entre les tables, mendiant du tabac.

— Tu fumes ? Quel âge as-tu donc ? demanda Zafiresco.

— Huit ans.

— Tu devrais être rossé !

L'enfant ricana, les mains dans les poches :

— Aujourd'hui personne n'est plus rossé.

— On voit que la Russie n'est pas loin, soupira le Roumain.

Un joueur d'accordéon entra, suivi d'un ours.

Dimitri goûtait le plaisir d'être transporté tout d'un coup au fond de ce bouge obscur, parmi ces débardeurs plus écrasés par le repos que par leur faix. Mais, dans leur somnolence, les buveurs gardaient quelque chose de vigilant, car ils accueillirent les voyageurs d'un méfiant coup d'œil.

— Si la police entrait en ce moment, expliqua Mouriano, bon nombre de ces endormis ne seraient pas longs à sauter dans le Danube, et à regagner à la nage leur île de roseaux. Terente, le fameux bandit de Macin, que j'ai très bien connu, venait ici. Il n'aimait au monde que sa mère et son chien. Un jour il enleva deux jeunes filles, mais il ne garda que la plus jolie ; l'autre revint à la ville, en disant que Terente était un monstre.

— Et celle qu'il avait gardée, interrompit Canacopol, ne rentra qu'un mois plus tard, déclarant que Terente était un gentilhomme.

— Cocos aussi, continua Mouriano, le grand Cocos partageait son temps entre cette boîte et le maquis ; invisible dans les roseaux, il fusillait ceux qui le cherchaient. Le Delta tout entier avait pris son parti. Mais un jour, invité à une noce, il voulut s'emparer de la mariée devant son mari et fut massacré sur place...

— Le Delta, tu ne peux pas savoir comme c'est beau ! criait Zafiresco exalté. Tu verras ça demain, au réveil. Imagine quelque chose d'immense, grand comme une de tes provinces, qui n'est ni eau, ni terre ; rien que des roseaux à perte de vue. C'est sans âge, sans histoire, plus vieux que tout, lacustre, scythe, chinois... Et les pêcheurs à odeur de poisson ! (D'ailleurs, à partir d'ici, les vêtements, les draps, le pain, tout sent la carpe). À Vâlcov, où nous serons après-demain, à l'embouchure de la mer Noire, tu rencontreras des gens de l'âge de pierre, des amphibies, des bougres habillés d'écorce de bouleau et qui n'ont jamais vu une ville ; quand ils arrivent au régiment, ils grimpent les escaliers à quatre pattes. Et puis, tu comprendras le saule qui a la couleur et le frisson de l'eau. Ça, c'est la nature ! En Occident, la nature n'existe pas ; c'est de l'aquarelle. Vois-tu, Dimitri, on ne peut vivre que là où la nature commence... Elle commence quelques kilomètres environ après Budapest ; soudain, l'air est plus volatil, le froid plus cuisant, le soleil plus intense, tout s'abandonne, tout se laisse vivre ou se laisse mourir, aucune longe ne retient les animaux, aucune morale ne gâte les hommes, les fleuves s'étalent, la plaine fuit jusqu'au ciel, la pensée s'affranchit !

— Et maintenant, il est temps d'embarquer, dit Mouriano.

Ils arrivèrent au bord du fleuve qu'éclairait une lune si diffuse, partout derrière les nuages, qu'on ne pouvait la situer. Sous leurs yeux, le Danube immense et noir courait avec une certitude égale et puissante. On ne voyait pas l'autre bord ni l'île de Macin, île de saules, royaume des moustiques et des bandits, déserteurs ou insoumis, où l'on n'ose aborder qu'en hiver quand le fleuve est pris par les glaces. À quai, les bateaux chargés de froment enfonçaient dans l'eau, bien au-dessus de leur ligne de flottaison. Cargos grecs d'Embiricos, trois-mâts auxiliaires norvégiens qui arrivent à Braïla après avoir fait le tour de l'Europe, vapeurs Frayssinet venus à la rencontre du blé hongrois et des bois flottés du Pruth, tartanes turques déversant dans les entrepôts les marchandises soviétiques. Le travail de nuit continuait sous la pluie fine. Des Turcs à l'échine pliante enfournaient dans les cales les sacs de grain, de quoi épuiser la faim de l'Occident.

VI

Le bateau des Pêcheries de l'État les attendait à quai, surveillé par un solide officier de
la marine marchande.

— Popescu, cria Mouriano, mets ta chau-
dière sous pression, nous voici. Je t'amène un
carré de rois ; pour les dames, nous comp-
tions sur toi.

À cette plaisanterie facile, le capitaine
Popescu éclata d'un gros rire.

Le petit yacht était tout blanc, très propre ;
Dimitri aima cet ordre, les chaînes bien
enroulées sur le cabestan, les cordages en spi-
rales sur le pont, la cloche de cuivre astiquée,
les fauteuils de rotin disposés à l'avant, qui lui
rappelaient des souvenirs de croisière ; dans
une cabine à cretonnes claires, il s'apprêta au
sommeil.

— Nous coucher ! et Ionica ? Tu n'imagines pas que nous puissions lui faire pareille injure ! Nous l'avons amené ici pour charmer nos nuits.

— Quoi ! ton tzigane est ici !

— Naturellement ; il est arrivé par un train précédent, avec deux de ses camarades. Les cartes, la chasse et le *kieff*, voilà pourquoi nous sommes ici. Tu regrettes déjà d'être venu ?

— Je ne regrette rien, fit Dimitri, mais Ionica me met mal à l'aise... C'est le plus beau marchand de spleen que je connaisse. Pas précisément le spleen... mais un certain cafard... un cafard attirant et révoltant.

— Tu auras changé d'avis d'ici cinq heures du matin, dit l'enthousiaste Zafiresco.

Dimitri jeta un coup d'œil de regret sur son lit et remonta dans la salle à manger du petit bateau où un souper attendait. Ionica, sournois et impassible, la guitare sur les genoux, chantait des mélodies gutturales, semblables à des *coplas* andalouses.

— Pas de chance, dit Zafiresco à ses amis, nous avons embarqué le seul Russe qui aime se coucher de bonne heure !

— Ionica, chante-nous quelque chose de salé !

— Que ma moustache tombe si j'en connais, des chansons comme cela, répondit Ionica, qui aimait se faire prier.

— Allons, pousse un de tes "airs pour messieurs seuls".

Le *lautar* gratta sa corde :

Nous irons nous coucher dans les bois ;
Toi, tu regarderas les étoiles,
Et moi, les petites fleurs.

— Bis ! cria Canacopol, son pied bandagé posé sur une chaise. (Aux halles, il s'était endormi le pied droit sur le poêle, tellement ivre qu'il l'avait laissé brûler.)

— En voilà un costume de yacht ! regarde ce croque-mort ; il est mis comme les quatre chats ! cria Zafiresco.

Dans son manteau tout noir, comme moussu de suie, pareil à un manteau de cheminée, Canacopol, l'homme qui « rêvait noir », ressemblait à un excentrique triste. Il ne lui manquait que de faux yeux peints sur les paupières.

Zafiresco se pencha vers Dimitri :

— Regarde Ionica, dit-il, Ionica imperturbable, avec cet air de ne reconnaître personne qu'ont les bons maîtres d'hôtel des cabinets particuliers !

Dimitri regarda Ionica.

— Cet homme a des yeux comme un piège, pensa-t-il.

VII

Le bruit des ancres tombant par six mètres de fond les réveilla.

— Il fait déjà jour, pensa Dimitri.

En fait, il était dix heures ; il s'habilla et monta sur le pont. Le vent soufflait, rappelant ces *ailes du matin* qui portent la gloire du dieu des Juifs, et font se réjouir le ciel et chanter la terre. Un triangle de canards sauvages pointait vers le Nord-Ouest.

Sur les rives, la terre molle avait déjà la couleur, la platitude de l'eau. Des pies, des corbeaux volaient autour de vaches maigres et hautes sur pattes. Des puits de bois, en T ou en X, émergeaient seuls, bibliquement, de la solitude humide... Bientôt, les marécages commencèrent. Dimitri et Basile montèrent sur la passerelle. Leurs yeux découvrirent des milliers d'hectares de roseaux, à plumets violets ou bruns : vêtement de duvet, pareil aux tuniques des guerriers incas, dans lequel le fleuve frissonnait. Sous cette couverture mobile, l'eau sensible fuyait. Plate au-dessus des fosses profondes, inégale et brisée quand la poche affleurait, elle descendait d'une seule coulée vers la mer. Les trois vagues provoquées par l'hélice faisaient craquer les roseaux les plus secs et plier les plus verts avec un bruit de taffetas.

— Où le Danube devient Niger... murmura Dimitri.

— Tu ne vois là qu'un bras, expliqua Zafiresco, il y en a trois : Sulina, Kilia et Saint-Georges, séparés par des centaines de lacs, de canaux, de marais. C'est ici que commence la *Balta* sauvage, inhabitée, le rendez-vous des oiseaux d'Europe, d'Asie et d'Afrique. Région dispensée de civilisation par sa solitude, son paludisme, son éloignement. Mais l'homme s'y serait installé comme partout, s'il avait pu prendre pied. Heureusement, il n'y a presque pas de sol. Il n'y a pas d'eau non plus. Il y a du roseau. Ni la rame, ni l'échasse, ni la botte, ni l'hydroglisseur, rien ne peut se soutenir sur ce marécage. Il faut être oiseau. D'ailleurs, nous allons accoster sur ce peu de terre : vois, sur la berge, l'aide de Mouriano qui nous fait signe.

Dimitri et ses compagnons débarquèrent et entrèrent dans la maison de planches que s'était construite Mouriano et où il vivait seul avec ses ouvriers. Un lit de camp, un poêle, des appareils d'hydrographie, des cartes où le fleuve se lisait en bleu profond et les canaux en violet, un ratelier de fusils, des livres, des cordes roulées servant de descente de lit, il n'y avait rien d'autre dans la grande pièce peinte à la chaux.

— Vous regardez cette table qui est un bureau et un établi, fit Mouriano en riant. Je suis écrivain, ingénieur des Ponts et Chaussées, diplomate, trappeur, dragueur et mécanicien, à la fois.

— Je l'envie, pensa Dimitri. Voilà un homme libre. Ce garçon doit avoir mon âge ; or, il a tout vu, il sait tout faire. Moi, je ne sais que dépenser de l'argent, vivre entouré de femmes et d'enfants... Le voici qui prépare notre repas... j'ignorais même qu'un poisson dût être gratté à contre-écaille (on dirait de petites monnaies du pape, ces écailles). Jamais je ne saurais me suffire à moi-même, passer ainsi un doigt sanglant sous ces ouïes

rouge magenta. J'oublierais de faire craquer
le ventre de cette carpe énorme avec mon
couteau et d'en tirer la vessie pleine d'air et le
cœur qui bat encore... Décidément je ne suis
bon à rien.

Mouriano, accroupi, préparait le *bortsch*
au poisson.

Dans un chaudron, il précipitait barbeaux,
brochets, sterlets, brêmes et carpes dorées ;
autour de lui, c'était un charnier de bran-
chies, de crêtes, de vésicules, de bardes, de
queues et de nageoires, de cartilages, de
rogues et de substances laitées.

— Nous ne mangerons jamais tout cela !

— Dans une demi-heure, il n'en restera
rien, vous verrez ; tout sera réduit.

— Ça va faire de la colle de poisson !

— Ça va faire un magnifique bouillon
maigre, dit Mouriano, les mains rouges. Ayez
confiance, j'ai été cuisinier à Baltimore ;
j'ajoute maintenant des herbes de fond, des
oignons, de l'ail et des tranches de pain frit ;
même l'esturgeon qui est dur comme marbre
est obligé de céder à ma cuisson. Un coup de
moulin là-dessus et tout est dit ! Et maintenant, je vais vous faire l'omelette aux œufs
d'oiseaux, conclut-il, en saisissant des œufs

citrins, rose pâle, piqués de rouge, coquilles des hirondelles de mer qui pondent sur le bois flotté, œufs verdâtres des bécasses, œufs gris des cormorans, œufs bleu azur des poules d'eau.

Les amis descendirent sur la berge pour aller chercher des herbes. À contre-jour, par deux mètres de fond, on apercevait des paysages inconnus, de fausses pelouses, des salades imitation, des potagers sous-marins, des forêts inondées où l'eau douce se mêle à l'eau de mer, où les Océanides doivent joindre leurs voix à celles des Naïades. Las de se pencher, la main sur les yeux, vers cet univers abyssal, Dimitri leva la tête, respirant fortement. Des passereaux criblaient le ciel, comme les merlettes un blason.

Tous les oiseaux de la terre semblaient s'être donné rendez-vous dans le Delta. Les mouettes arrivaient du large, les faucons voyageurs des plaines, les plongeons du pôle Nord, les canards de Scandinavie, les aiglons roux des montagnes, les grands cygnes de Sibérie. Pour ces globe-trotters au cou tendu, les cormorans, l'univers n'est pas assez vaste, car ils vont sans fatigue du Japon au Portugal, du Cap Nord à Tombouctou, vénérés par les nègres, fusillés par les Blancs. Dimitri les observait, aimait les voir ralentir, se mettre en perte de vitesse, tomber comme une pierre. Il savait qu'un seul de ces oiseaux mange plus de poisson que quatre hommes ; et quand ils n'ont plus faim, ces gâcheurs pêchent pour le plaisir. Après le bain, on les apercevait séchant au soleil leurs plumes mouillées avec des façons de goinfre, d'égoïste, d'athlète. Tout un monde vivait à l'abri de l'homme dans ce fouillis paludéen, un monde avec ses esclaves et ses tyrans, ses coups de bec, ses essors, ses vols planés, ses haines de race, ses agonies, ses triomphes.

Une détonation retentit sur la gauche ; Dimitri, qui cherchait des yeux la fumée, discerna, s'ouvrant dans le canal où s'ancrait leur yacht, un étroit passage qui fendait les roseaux ; l'immensité exondée était irriguée comme le corps humain par un lacis d'artères et d'artérioles, jusqu'aux invisibles capillaires que seuls connaissent les indigènes versés dans l'anatomie de ce maquis lacustre.

— Veux-tu rendre visite au chasseur d'aigrettes ? Oui, d'aigrettes, comme au Soudan, dit près de lui la voix de Zafiresco.

Une barque étroite, menée par un

pêcheur, les reçut ; ils disparurent parmi les saules, glissant sur l'eau brune peuplée de sangsues ; bientôt, ils aperçurent deux chasseurs russes, des moujiks, des Lipovans, tapis dans un canot noir que dissimulaient des branches feuillues ; dans leurs mains, des touffes d'une neigeuse blancheur.

— Vois-tu, Dimitri, ces oiseaux si peureux, si rapides qui échappent à l'aigle, au faucon voyageur, au brochet, aux rongeurs, aux pies voleuses d'œufs, cherchent asile ici, au moment de la ponte ; le Delta est leur demeure nuptiale ; c'est là, sur ces troncs qui descendent le courant, au creux des saules, sur les plates-formes rondes des nénuphars, dans ces arbres jamais coupés, derrière ce rempart infranchissable où ne se risquent même plus les déserteurs, qu'ils célèbrent leurs noces, et déposent leurs œufs ; mais les sauvages barbus ont appris récemment la valeur des aigrettes qui ornent le bonnet des colonels et la coiffure de Mussolini ; bientôt, ils les auront toutes exterminées.

VIII

Le déjeuner, trop long, trop copieux, avait fatigué Dimitri ; il se sentait lourd de phosphore et de toute la riche substance du Delta ; abandonnant ses compagnons, il retourna à bord pour la sieste.

Comme il franchissait la passerelle, il entendit chanter à l'avant du bateau ; une voix douce s'accompagnait sur la guitare, voix dont les notes basses annonçaient un délicieux chagrin, dont les notes hautes semblaient prédire quelque ruine imminente...

Ionica contait en musique les tribulations d'un âne volé et les douceurs de la vie vagabonde. Dimitri reconnut un air russe qu'il avait appris des forgerons tziganes, quand ils venaient chez son père ferrer à glace les chevaux, aux premiers gels... Ces passants exotiques, ces noirs Indiens avec leurs filles splendides qui mendiaient, la poitrine nue, le sourire heureux, accouraient tous à la vue du petit *kniaz*, l'étourdissaient de leur bavardage imagé, et les vieilles lui tiraient les cartes.

— Tu parles donc le russe, Ionica ?

— Mieux que toi, Prince.

— Où l'as-tu appris ?

— Chez Ta Grandeur ; vingt ans, j'ai vécu en Russie.

Sous la bâche qui le protégeait contre le soleil vertical, Ionica avait le teint livide des nocturnes : gardiens de coffre-fort, chasseurs de boîtes de nuit, infirmiers, joueurs, prostituées. Il sourit au Prince, de cet affreux sourire oriental qui met entre les êtres, à travers la barrière des dents éclatantes, une intolérable intimité. Déjà, la veille, en voyant Mouriano, le *lautar* avait eu ce regard complice, comme à la pensée de secrètes orgies dont lui seul, qui ne s'enivrait jamais, gardait le souvenir. Dimitri maîtrisa avec peine un frisson de dégoût et de peur ; une angoisse inconnue, mêlée de plaisir, l'envahit ; un fluide lourd l'ankylosait ; il faillit se laisser tomber sur le banc, près du tzigane, puis se ressaisit, honteux de son malaise, et s'éloigna à longs pas.

De la berge, Zafiresco le hélait ; il courut vers lui, heureux de rejoindre ce camarade sans mystère, dont la loquacité, cette fois, lui serait agréable.

— Dis-moi, Basile, que cherchent ici ces moujiks ? sommes-nous déjà en Bessarabie ?

— Nous y serons demain matin seulement, parce que nous marchons la nuit à feux très réduits, mais la frontière n'est pas loin ; Odessa à quelques milles de Vâlcov ; le Dniester, mur mitoyen, la mer Noire à vingt minutes, et, tout près, la limite des eaux soviétiques ; c'est pourquoi les pêcheurs n'ont pas le droit d'aller, la nuit, jeter leurs filets, bien que la pêche à ces heures-là soit beaucoup plus fructueuse ; mais, au retour, des agents bolchevistes se mêlaient à eux et débarquaient chez nous dans l'obscurité ; nos gardes-côtes ont déjà fort à faire à distinguer les vrais transfuges — il en vient presque tous les jours — des faux déserteurs que nous envoient les Soviets ; après le coucher du soleil, nos soldats tirent sur tout ce qui bouge.

— Mais ces chasseurs d'aigrettes et ces bateliers qui nous entourent ?

— Ça, c'est une autre histoire qui date du XVIIᵉ siècle ; vers 1650 (Moscou légiférait déjà), le texte grec des Évangiles ayant été révisé, nettoyé à neuf, certaines sectes, dont les ancêtres de ces pêcheurs, les Lipovans, qui n'aimaient pas qu'on changeât les mots de leur prière, prirent la fuite et vinrent se réfugier ici, dans les roseaux du Danube, où tu les retrouves intacts, un peu plus sales et un peu plus abrutis qu'il y a trois siècles. Ils ont transporté avec eux leurs popes, leur langue, leurs tailleurs juifs, leurs icônes, leurs isbas de bois et le gros oignon doré de leur église, que tu verras à Vâlcov, demain, au-dessus des saules.

IX

La cloche sonna, réveillant Dimitri qui monta sur le pont ; il était sept heures du matin et le bateau, qui avait descendu le bras de Kilia, arrivait au port de Vâlcov, en Bessarabie : devant eux le village, traversé de canaux, gisait épars dans l'eau stagnante. Les embarcations avaient déjà la teinte funèbre des caïques turcs et des convois de sel qui, de Crimée, remontent jusqu'en Ukraine, celle que les Vénitiens ont empruntée à l'Orient pour leurs gondoles... Dimitri évoqua Chioggia, une Chioggia terne, délabrée, primitive, sous le ciel gris et sous ce vent désespéré de la mer Noire dont les navigateurs grecs ne parlaient qu'avec une horreur sacrée. Il sauta le premier à terre et enfonça jusqu'aux chevilles dans la berge fangeuse. Entre deux barques goudronnées, tirées à sec, une vieille *baba*, la tête couverte d'un fichu de toile noire, immobile, le regardait. Sur cette boue sans couleur, cette femme sans âge, sans figure, figée dans l'attente et dans le deuil, ce fut pour lui la première image de la Russie.

Des chaussées de planches traversaient le marécage, longeaient les canaux verdâtres qu'elles enjambaient sur des ponts de bois. Entre les troncs d'arbres, les filets, légers et pâles comme des cheveux difficilement démêlés, séchaient à l'air. Ayant traversé en mille zigzags cette lagune, les visiteurs arrivèrent devant des murs de paille. Entourées de claies, on apercevait des maisons blanches comme du fromage de chèvre. Aucune fumée ne sortait des toits de chaume. Le village semblait abandonné par ses hommes ; quelques femmes lavaient du linge dans le grand canal. À la porte du bureau de police, un soldat était de faction. Près de lui se tenait un pêcheur qui avait été pris braconnant la nuit et condamné à trois cents lei d'amende. Dimitri le dévisagea curieusement. L'homme n'avait rien de latin. Avec sa barbe d'un blond roux qui remontait jusqu'aux yeux bleus, ses mains gourdes, ses genoux soudés, ses pieds immobiles dans de vieilles bottes de guerre, il représentait le barbare du Nord, l'ancêtre sibérien, le Mongol roux. Mille ans le séparaient du soldat roumain, au regard brillant, à la grâce frêle. Dimitri contemplait avec avidité cette brute néolithique qui n'avait rien de commun avec lui et soudain, il l'aima, fraternellement.

— Je paierai ton amende, cria-t-il en russe.

L'homme ne comprit pas, hésita, méfiant ; puis du ton rauque et informe des silencieux :

— Est-ce pour le cœur ou pour un service ?

— C'est pour le cœur, répondit Dimitri en souriant.

Déjà l'impatient Zafiresco l'entraînait vers un hangar aux planches mal jointes, calfatées de goudron, où les vitres en papier huilé laissaient passer une lumière douce et sans chaleur.

— Nous entrons au palais du caviar, dit-il. Comme tu vois, ce produit de luxe a des origines modestes.

Dimitri fut saisi soudain d'une odeur familière, odeur russe de cuir et de foie de morue. Des hommes souillés, hirsutes, maniaient les œufs d'esturgeons, les tamisaient.

— Dans ce baquet, le caviar gris que l'on

mange frais. Goûte cette crème à reflets d'argent qui roule sur la langue. Dans cet autre, les petits grains salés, pressés et passés à la saumure, du caviar de conserve.

Zafiresco trancha la pâte noire avec un couteau de bois, et cria la bouche pleine :

— 800 lei le kilo ici ; 2 000 à Bucarest ; 4 000 à Paris ; 8 000 à New York. C'est le moment de faire tes provisions :

— Ça n'a pas l'air d'enrichir ces pauvres gens, répondit Dimitri.

Il regardait ces vieillards lourds, que seuls les rhumatismes empêchaient d'être en mer, malaxant de leurs doigts fangeux cet aliment commun qui s'en irait bientôt vers les grands restaurants où, présenté dans un bol de glace pilée, il deviendra à quatre mille kilomètres d'ici le mets le plus rare. Sur les couvercles de fer des boîtes qui allaient prendre l'avion à destination de l'Europe occidentale, il lisait des noms d'exportateurs, riches d'avoir spolié ces moujiks qui eux-mêmes vivent des dépouilles de l'esturgeon ; à la porte de la coopérative l'intermédiaire guette le pêcheur comme à l'entrée de l'estuaire le pêcheur guette le poisson de mer qui s'y réfugie pour la ponte en eau douce.

X

La coopérative était séparée du canal par
un débarcadère grossier en planches, où
mouillaient les bateaux ; Dimitri y attendit
l'arrivée des pêcheurs ; la troupe tapageuse
de ses amis était allée visiter les églises et
l'école ; il n'avait pas voulu les accompagner
et restait là, retenu par une sorte d'inertie, de
rêverie obtuse. Les yeux fixés sur l'espace
incolore, il vit enfin les premières barques
remonter le Danube, puis, amenant leurs
voiles, s'engager dans le canal et s'amarrer à
ses pieds. Aussitôt, le groupe des enfants
blond filasse, en guenilles et bonnet fourré, à
gros ventre d'impaludés, qui escortait Dimitri depuis le matin, lâcha ce divertissement
pour le nouveau spectacle. Les « chasseurs
de poisson » déchargeaient leur butin, écra-
sant de leurs bottes, au passage, le poisson

sans arêtes déjà tronçonné et salé, chassant à coups de bâton la meute des cochons noirs qui s'avançaient le groin goulu ; en un instant, le quai fut couvert de victimes énormes et encore vivantes ; sterlets effilés, ocellés comme des panthères, esturgeons à peau beige mosaïqués de noir comme des boas, *morun* roses, marbrés et truffés comme des dogues danois, poissons moustachus à gueule carrée, tous étaient jetés à terre, traînés sur les plateaux de bois des grandes balances et, malgré leurs coups de queue, fendus dans leur longueur ; les pêcheurs barbus, à la face d'apôtres, plongeaient leurs mains plus larges que des pagaies dans le corps sanglant de l'esturgeon et sans même l'achever, lui arrachaient son caviar ou sa laitance. Dimitri qui voyait battre à grands coups le cœur de la bête éventrée eut une nausée de dégoût ; pourtant il ne voulut pas s'éloigner ; il attendait encore, sans savoir quoi ; ces pêcheurs dépeignés, inondés de sueur et de boue, leur longue barbe humectée de saumure, le fascinaient. Il les suivit, les vit signer d'une croix les registres de pêche ; taciturnes, ils touchaient leur paye et rentraient dans leurs bauges où les sexes mangent séparés et boivent le thé en suçant le même morceau de sucre candi. Ces hommes, qui semblaient à peine sortis du glacier quaternaire, dont les ancêtres scythes, recouverts de poudre de couleur, dorment dans leurs armures de corne, les jambes repliées, sous les tertres de tourbe, Dimitri les regardait s'en aller, leur journée terminée, rêveurs et fanatiques comme leurs pères qui avaient préféré se nourrir de poisson cru que de prier pour un tzar hérétique.

Quand le dernier fut parti, Dimitri descendit à son tour et se dirigea vers le yacht. Il avançait lentement, avec peine, sur le sentier détrempé qui collait à ses pieds. Dans le court crépuscule d'automne déjà presque éteint, Dimitri distingua une masse sombre qui remuait ; une dizaine d'hommes et de femmes entouraient une barque tirée à terre ; leur silence le surprit.

— Qu'est-ce que c'est ? dit-il.

Une femme se décida à répondre.

— C'est un bateau qui est venu cette nuit de là-bas... la police les a emmenés parce qu'ils sont russes ; quinze Russes ; il y avait aussi la femme qui a accouché en mer.

Une barque qui venait de Russie... qui

venait du pays... une barque encore pleine d'eau russe ! Dimitri la regardait, saisi, avec une émotion que lui-même ne comprit pas ; cette pauvre carcasse goudronnée le bouleversait ; il s'approcha, toucha en hésitant la voile lacérée qui pendait, retenue au mât par des mèches de chanvre, mania doucement une rame gluante. Autour de lui, les pêcheurs l'observaient, étonnés ; l'un d'eux montra du doigt le yacht où les feux s'allumaient ; Dimitri se souvint alors de ses camarades qui l'attendaient et s'éloigna brusquement.

XI

Dans la petite salle à manger du bateau, discrète comme un cabinet particulier, on avait tiré les rideaux de soie ; le temps s'était gâté et l'on entendait la pluie gifler les vitres. Les quatre Roumains, debout autour des verres de *tsuica* et des olives, parlaient à tue-tête. Quand Dimitri entra, ils lui firent une ovation.

— Mais où étais-tu, hurla Zafiresco ; tu courais les femmes ? Pas dégoûté ; par les poils de ma barbe, pas dégoûté. On a envoyé Ionica te chercher dans le village... Assieds-toi. Il n'y a que les Juifs qui mangent debout ! Viens vite ; le député de Bessarabie, que nous avons rencontré à Vâlcov, nous a fait cadeau de quelques bonnes bouteilles ; ça nous changera de l'honnête *dragasani* du bord ; ce soir, on pourra boire un peu... Tiens, Ionica ; voilà pour te mettre en train.

Ionica était à son poste, assis parmi les sextants, les jumelles et les cartes déroulées du fleuve. Le Prince regarda à la dérobée cette face d'esclave, cette face de paria humble, indiscipliné et menteur, fuyant, rampant, ingouvernable, et toujours libre malgré les contraintes, libre à la manière des épaves.

— Chante la chanson de l'âne volé, ordonna-t-il.

Ionica baissa ses paupières en peau de chauve-souris, sous lesquelles les yeux glissèrent de biais. Un sourire ambigu entr'ouvrit les lèvres violettes qui avaient quelque chose de féminin, de lubrique et de répugnant. Il ne chanta pas l'âne volé, mais *Yeux noirs, Mravoljanie, Mon âme est triste et gaie*, passant d'un air russe à un autre sans s'arrêter. À présent, debout, il jouait tout près du Prince, presque penché sur lui, ne le quittant pas des yeux. Dimitri sentit s'insinuer en son cœur cette atonie agréable et honteuse, cet état d'obéissance qu'il connaissait maintenant ; en lui mourait ce citoyen prudent et sage que la France avait fait mûrir. Échanger à jamais sa vie élégante et réglée contre cette indolence consternée où le plongeait ce sacré tzigane avec sa guitare tyrannique... il y pensa.

Allons ! il fallait réagir. Il se mêla aux plaisanteries de ses amis. On apportait la *ciorba* de poisson et la *mamaliga*, le pain de maïs noir, et encore du caviar, et encore des petits poissons salés, pendus par la queue à des morceaux de bois.

— Plus de caviar, de grâce, supplia Dimitri. Je sens me pousser des nageoires. Dites-moi plutôt comment ce *lautar* sait toutes nos chansons ?

— Ionica sait tout, il a tout vu, il a été partout, mais on ne peut rien lui tirer ; seule sa guitare parle. Dis, Ionica, qui t'a appris le *Allah verdi* ?

— Le général Vodikine ; il m'avait emmené à la guerre ; il fallait que je lui joue ça quand il faisait de l'orage, comme ce soir, parce qu'il avait peur du tonnerre... Et puis, en octobre, j'ai chanté cet air géorgien pour les soldats révoltés, sur les toits des wagons.

— Et tu as fait danser les filles des commissaires du peuple !

— Et tu as accompagné de ta guitare les débauches des *nepmen* à Moscou, hein, maquereau ! lui dit affectueusement Canacopol.

— Ionica, connais-tu mon pays, la Petite Russie ? interrogea Dimitri.

— Oui, oui, chanta Ionica.

J'ai habité Vasi, Vasi, Vasilikof
Où ce sont les filles, les filles,
Où ce sont les filles qui courent après les
garçons.

— Vasilikof, c'est à cinquante verstes de chez moi, pensa Dimitri.

De nouvelles bouteilles entrèrent en circulation. Chaque verre éblouissait maintenant Dimitri comme un phare tournant. Les différentes époques de sa vie qui, d'habitude, s'étageaient dans son esprit avec une parfaite ordonnance, se télescopaient fiévreusement. Il revit son grand-père en uniforme de la noblesse, ses années de cadet, ses fiançailles avec Merced, si convenable, son collège anglais, l'enfant bien élevé qu'il avait été, son domaine, avec le palais de bois du temps d'Alexandre Ier, la distillerie d'eau-de-vie et la fabrique de sucre de betterave... Il revit les jours de marché avec les colporteurs, et les Juifs en touloupe noire, et les troupes de chevaux que les Zaporogues amenaient des bords du Don et faisaient galoper à la longe sur la pelouse. Il revit le blé comme un duvet doré, et les outardes devant la ferme en chaume de maïs, et les troupeaux d'oies. Il eut dans la bouche le goût de la chair fumée, l'aigreur des choux braisés. L'odeur des acacias et des tilleuls au printemps, le grand silence souple de la neige vue à travers les doubles fenêtres pleines de jacinthes, toutes les sensations de son enfance, se pressaient devant lui comme au moment du danger.

— Je ne vais pourtant pas me noyer, pensa-t-il.

— Qu'as-tu ? demanda Zafiresco. Tu as l'air d'avoir avalé une arête de carpe !

Une sensation de vide le fit s'appuyer à la table ; il ne voyait plus rien ; puis cet étourdissement passa, le laissant plein de joie bruyante.

— Chante-moi des histoires de chevaux, Ionica, demanda-t-il. Les tziganes s'y connaissaient chez nous en vols de chevaux.

— Des chevaux, il n'y en a plus, dit Mouriano avec mépris, il y a des tracteurs américains, conduits par des femmes ; dans la plaine du Don, il y a des semeuses mécaniques allemandes qui ensemencent un hectare en dix minutes.

La guitare se tut subitement.

— Mon Prince, ton pays est bien beau encore, dit Ionica, d'une voix assourdie.

— Tu es saoul, hurla le capitaine Popescu, indigné ; tout le monde y crève de faim excepté toi, salaud, qui t'es engraissé chez les Soviets.

— La Russie est belle, répéta le tzigane avec un regard oblique ; ce n'est pas sa faute, tout ça ; chez nous aussi, quand les vieilles veulent faire mourir un homme, elles l'entourent en se tenant la main et elles pensent : "Qu'il meure !" Et s'il ne se désenchante pas avec l'eau de charbon, il est perdu. Eh bien, vous tous, vous entourez la Russie en vous tenant par la main et vous voulez qu'elle meure...

Et, comme s'il se repentait d'avoir tant parlé, Ionica termina sa phrase en chantant :

Ton pays est beau encore,
Mon Prince,
Mais il n'y a plus de place
Pour les boyards,
Pour les boyards à manchons.

104

— Tu es devenu bolchevik, toi aussi, Ionica, ma parole ! cria Zafiresco.

— Voilà les tziganes qui font de la politique, que le diable les empale !

— Il ne s'agit pas de ça, cria Dimitri très surexcité, je veux qu'Ionica chante en russe ; qu'il me parle de la Russie, celle qui ressemble à sa musique.

Ionica essuya les ampoules de ses lèvres avec le revers d'une main baguée d'argent.

> *C'est comme partout*
> *C'est comme partout,*
> *Il y a des jeunes gens qui*
> *Trouvent que la vie est belle,*
> *Des vieux*
> *Qui meurent en la maudissant...*
> *Le vent d'automne gémit,*
> *Les feuilles emportées tournent*
>   *dans les ténèbres...*

Dimitri écoutait, la tête dans les mains ; une subtile douleur pénétra en lui. Il flottait au centre d'un tumulte de cris, de bruits, de chants, de rires ; des bourrasques sèches secouaient le bateau, ajoutant encore à la confusion. Il ne se reconnut plus ; qu'était-il, que voulait-il ? Pourquoi cette nostalgie atroce et désespérée ? Il fit un geste violent qui renversa son verre ; le vin coula sur ses mains, tiède comme du sang. Il se leva en chancelant, gagna la porte et sortit sur le pont.

Le vent soufflait, retournant les feuilles des saules, tout blancs sous la lune. Le Danube semblait une peau dont les vagues formaient le grain ; on entendait le fleuve baver contre l'hélice, puis couler le long du blindage, assaillir la proue, tomber en ruisselant et s'enfuir vers la mer. Dimitri se pencha ; ses yeux fouillèrent la nuit. De l'eau vaporisée, venue on ne sait d'où, lui sauça la figure. Le bateau chassait sur ses ancres, impatient de partir. Dimitri aussi eut envie de partir ; les nœuds qui le rattachaient à sa vie passée se défaisaient ; le tranquille épicurien qui était monté en avion à Paris avait disparu, faisant place à un vrai Russe que la nuit, la boisson, la musique plongeaient dans une anxiété sauvage, une extase funèbre. En lui retentissait un ordre opiniâtre, cent fois répété, qui devint irrésistible ; il obéit, enjamba précipitamment la passerelle, et se trouva à terre, errant dans Vâlcov endormi.

Sur les marches de l'église, il s'assit, aspira profondément, passa sa main sur son front :

— Terriblement schlass, fit-il.

Il poussa de l'épaule une porte qui s'ouvrit. Une odeur d'encens le frôla. Il était dans le sanctuaire. Éclairé par des lampes éternelles, l'iconostase luisait d'une seule nappe d'or dans laquelle les têtes d'apôtres découpaient des trous noirs. Une allée de candélabres de cuivre doré conduisait aux pupitres où, sur d'étroites serviettes de toile à broderies pourpres, des évangéliaires reposaient. Par-dessus les lustres d'argent, une faible lueur perçait les vitraux. Cette pénombre rougie par les veilleuses oppressait Dimitri. Il leva la tête. Sur les murs de crépi blanc, des auréoles de saints, des gloires, des chapes jetaient leurs ors. Il aperçut de rigides drapeaux de procession en métal, des icônes d'argent entourant des peintures foncées. Cela lui rappela ces voûtes de saules du Delta, privées de soleil, où règne la malaria. Il se vit tout seul dans cette église, eut peur, appela à haute voix.

Dans les lampes rouges, les mèches s'usaient lentement, paisibles au centre de leur bain d'huile. Avec indifférence, saint Basile, saint Alexis, saint Vladimir, tous ces demi-dieux orthodoxes au visage suintant, qui avaient assisté à tant d'agonies, de naissances, de Pâques, continuaient de patronner avec une immobile assiduité ce village de pêcheurs et de le bénir de leurs mains byzantines, hors de leur chape de métal. Debout au-dessus d'eux, une Vierge orante et rigide tournait vers Dimitri son abstrait regard d'émail, attendant son hommage. Il la regarda craintivement ; alors, les prières de l'enfance remontèrent à ses lèvres.

— *Ottché nach, ijé iéssi na nebessenk...*

La tête lui tourna ; il passa la main sur son visage de bois. L'église chavirait, le pavement montait vers la voûte et les coupoles mosaïquées se creusaient comme des bols d'or sous ses pieds.

Il tomba à genoux.

— *Khleb nach nassoustchny dajd nam dniess...*

Longtemps il demeura ainsi en oraison le front courbé vers la terre.

Il se sentait mieux maintenant, et se mit debout. Avec un signe de croix, il alla baiser les saintes icônes et sortit de l'église.

Dehors, il chassa de ses poumons une humidité sépulcrale à odeur d'encens. L'air glacé de la nuit entra d'un coup dans sa gorge. Seul éveillé et vertical parmi ces pêcheurs aux yeux fermés, aux rêves pleins de poissons, il ressentit pour eux un attachement qu'il n'avait éprouvé à ce degré pour aucune créature humaine. Captif comme l'est un exilé, comme eux exclu de la grande communauté russe, et cependant, à travers l'espace, les siècles, les révolutions, solidaire comme eux de la destinée slave.

La Russie sacrée, la grande Russie vit, plus immense, plus terrible que jamais, si même, aujourd'hui, on ne la désigne plus que par des initiales. La patrie attirait Dimitri comme un grand poêle chaud... À travers la mince cloison de la frontière, il sentait son souffle...

Dans le village inondé de lune, aucun obstacle ne s'opposait à son cheminement. Les barques sans équipage, escadre désarmée par le sommeil, mouillaient à l'abri du vent, à flot dans le bassin, empannées dans une eau tranquille comme du miel. Des chats, attirés par l'odeur, fouillaient les nasses au fond des cales. L'un d'eux poussa une longue plainte. Dimitri se crut appelé et se mit à fuir aveuglément, en tournant le dos au yacht. Un éclair de lucidité l'arrêta, hagard et tremblant.

— Je ne suis plus à l'abri du sort, pensa-t-il.

Il prit sa tête dans ses mains, essaya une réaction. Il s'efforça de penser à son lit, là, tout près, dans la cage confortable. Un jour à peine le séparait de l'aérodrome de Bucarest. Il imagina l'avion de la C.I.D.N.A. qui l'attendait ; à cette heure-ci, on le tirerait du hangar ; on procéderait au plein d'essence. Il se concentra sur l'idée du retour ; il s'engagea à remonter cette grande descente d'eau du Danube, ce trouble et immense torrent auquel il s'était trop abandonné. Il se surprit à parler à voix haute :

« Il faut que je décolle d'ici au plus vite et que je rentre à Paris. »

Sa voix qui battait ainsi le rappel, le retour au quartier, lui sembla aussi lointaine que son passé ; elle se cassa en petits morceaux dans sa bouche. Il se sentit indistinct, mélangé à l'heure, élémentaire, obscur comme la nuit, liquide comme le fleuve ; certainement il dormait debout.

Une ombre en travers de sa route. Dimitri recula.

L'homme s'arrêta, salua, se fit reconnaître en russe. C'était le pêcheur dont il avait payé l'amende.

— Pourquoi ne dors-tu pas, comme les autres ? demanda le Prince.

— Je garde les bateaux, la nuit.

Il se tenait debout devant sa barque, misérable, le dos courbé sous sa veste de mouton, ses braies retenues par des cordes, le regard nul sous son bonnet de fourrure pointu comme ceux des archers sarmates.

— À combien sommes-nous des eaux russes ?

— À trois heures, par beau temps, comme aujourd'hui ; il y aura un grain de vent au chant du coq.

Dimitri restait immobile, mais une décision passa dans ses yeux.

— C'est bien. Mets à flot. Fais vite.

XII

À la tombée de la nuit, la barque rentra à Vâlcov. Le pêcheur revenait seul. Il raconta que son passager s'était fait débarquer près de la frontière, et, l'ayant franchie à pied, était entré en territoire soviétique.

DU MÊME AUTEUR

DISCOURS DE RÉCEPTION À L'ACADÉMIE FRAN-
ÇAISE ET RÉPONSE DE JACQUES CHASTENET.

VENISES, *récit* (repris dans « L'Imaginaire », nº 122).

UN LÉSINEUR BIENFAISANT *(M. de Montyon), discours.*

POÈMES : LAMPES À ARC – FEUILLES DE TEMPÉRA-
TURE – VINGT-CINQ POÈMES SANS OISEAUX –
U.S.A.

LES ÉCARTS AMOUREUX, *nouvelles* (repris dans « L'Imaginaire », nº 315).

LE FLAGELLANT DE SÉVILLE, *roman* (repris en « Folio »,
nº 1382).

LES EXTRAVAGANTS, *roman.*

Dans la collection « Bibliothèque de la Pléiade »

NOUVELLES COMPLÈTES, I et II.

Composition Nord Compo.
Impression Bussière à Saint-Amand (Cher),
le 5 janvier 1999.
Dépôt légal : janvier 1999.
Numéro d'imprimeur : 112.
ISBN 2-07-040703-9./Imprimé en France.